Michael Stradal

Franz Liszt
und das Geschenk
der Madame Babèrre

Eine phantastische Novelle

EDITION ROESNER
artesLiteratur

Titelbild: Ernst Burger: Franz Liszt. München 1986/François de Villain after A. X. Leprince

Wir bedanken uns beim
Bundesministerium für Unterricht, Kunst und Kultur
und dem *Land Niederösterreich*

bm:uk

KULTUR NIEDERÖSTERREICH

Erste Auflage

Lektorat: Unter Mitarbeit von Laura Rösner
Cover und grafische Gestaltung: Unter Mitarbeit von Matthias Walch & Laura Rösner
Druck: BOMA PRINT s. r. o., Kyjov
Printed in Czech Republic
ISBN 978-3-902300-52-2

www.edition-roesner.at

Für Ulli

Autor und Verlag legen Wert auf folgende Feststellungen:

Der gesamte *kursiv* gedruckte Handlungsverlauf in Boulogne-sur-Mer ist frei erfunden.

Ort der Handlung und alle Personen des normal gedruckten Handlungsverlaufes sind mit Ausnahme der historischen Persönlichkeiten, des Ehepaares Stradal und der Cousine Haide ebenfalls frei erfunden.

I

Es war ein warmer Septembervormittag des Jahres 1827, als in der malerischen französischen Küstenstadt Boulogne-sur-Mer ein geschlossenes Coupé auf den großen Marktplatz einbog, wo um diese Stunde das rege Durcheinander von korbbepackten Frauen, ihre Ware ausrufenden Männern, Fischern, Bauern, Knechten und Mägden stets seinen Höhepunkt erreichte.

Als der Wagen am Ende des Platzes angelangt war, musste angehalten werden, denn eine aufgebrachte Menschenmenge, die schreiend und Fäuste schwingend das äußerste Gebäudeeck belagerte, verhinderte ein Weiterkommen.

„Was geht hier vor?"

Ein junger Mann streckte verärgert den Kopf aus dem Coupéfenster.

„Ein wenig Geduld, Monsieur", erwiderte der Kutscher. „Das übliche Marktgeschrei. Vielleicht wurde ein Gemüsedieb ertappt, oder man ist aus anderen Gründen handgreiflich geworden."

„Erkundige Er sich, was da los ist. Ich bin in Eile." Das Gesicht des Mannes verschwand wieder.

„He, Du!" Der Kutscher beugte sich zu einem Mann in zerlumpter Kleidung hinunter, der gerade vorbei lief und dabei Unverständliches schrie. „Was ist denn da los? Macht gefälligst Platz für meinen Herrn!"

Der Angesprochene drehte sich verärgert um.

„Zuerst muss die verdammte Lilith verjagt werden, dann kannst Du deinen Herrn ...“, er spuckte verächtlich auf den Boden, „weiter anbuckeln, Andouille[1)]!“

Ehe der Kutscher auf diese Beleidigung etwas erwidern konnte, reckte der junge Mann erneut seinen Kopf aus dem Fenster.

„Also – was ist los hier? Warum geht nichts voran?“

Der Kutscher stieg gemächlich von seinem Sitz herunter und trat neben das Fenster. „Monsieur – dies hier ist eine Sache der Marktleute. Sie haben die Lilith erwischt, die offenbar wieder einmal versucht hat, sich unter die Leute zu mischen und –“

„Wer ist das? Die Lilith?“, unterbrach der junge Mann.

„Das ist der Name, den dieses verdammte Weib verpasst bekommen hat. Eigentlich heißt sie Florence Babèrre, und seit ich denken kann, sorgt sie ständig für Wirbel. Man sagt, sie habe den bösen Blick und –“

„Madame Babèrre?“ Der junge Mann blickte überrascht auf. „Ist das vielleicht jene Dame, die in meiner Straße wohnt?“

„Ja, nicht weit von Ihnen, Monsieur. Ich habe mir das gleich gedacht, als Monsieur mir das Ziel unserer Fahrt angegeben hat.“

Der junge Mann überlegte kurz, dann stieg er aus dem Coupé und eilte auf die schreienden Leute zu.

„Junger Herr!“, rief ihm der Kutscher besorgt nach. „Bleiben Sie lieber hier. Mischen Sie sich nicht ein. Das wird Ihnen nicht gut bekommen!“

Aber der Angesprochene, dessen stramm-aufrechter Gang und dessen elegante Kleidung ihn deutlich von jener der aufgebrachten Menge unterschieden, trat entschlossen hinzu, hob seinen Gehstock und rief: „Machen Sie Platz hier! Lassen Sie mich passieren! Gehen Sie zur Seite! Wo ist Madame Babèrre?"

Sein energisches Auftreten blieb nicht ohne Wirkung. Das Geschrei erstarb, die letzten wütenden Rufe verebbten, und die Leute wichen langsam zur Seite, sodass der junge Mann festen Schrittes bis zur Hauswand gehen konnte, wo eine Frau am Boden lag. Sie war offenbar gerade mit Schlägen bedacht worden, denn drei Männer, die eben über sie gebeugt standen, richteten sich auf und blickten dem jungen Mann verärgert entgegen.

„Hier ist kein Platz für feine Adelige!", rief einer von ihnen, ein ungeschlachter, vierschrötiger Kerl in zerfetztem Gewand. „Macht, dass Ihr weg kommt. Das ist unsere Sache!"

Der junge Mann ließ sich davon nicht beeindrucken. Mit seinem Gehstock schob er einen Mann, der ihm den Weg verstellen wollte, kurzerhand zur Seite und trat vor die drei Burschen. Diese schienen von seinem Auftreten nun doch beeindruckt zu sein, denn sie wichen zurück. Ohne auf sie weiter zu achten ging er zu der am Boden liegenden Gestalt, bückte sich und streckte ihr hilfreich die Hand entgegen.

„Kommen Sie, Madame!", sprach er sie freundlich an. „Stehen Sie auf, und haben Sie keine Angst. Niemand kann Ihnen mehr etwas zuleide tun. Ich bin auf Ihrer Seite!"

Die Frau hatte ihre Hände schützend über den Kopf gelegt. Langsam nahm sie sie weg und blickte verängstigt zu dem jungen Mann auf. Dabei schüttelte sie jedoch den Kopf. „Nein, edler Herr! Lasst mich. Schützt lieber Euch selber. Diese Bestien schrecken vor nichts zurück. Sie werden auch Sie noch erschlagen."

„Unsinn, Madame! Niemand hat ein Recht solches zu tun. Stehen Sie ruhig auf!"

Dann drehte er sich zu der Menge um, die sich bedrohlich genähert hatte.

„Warum verfolgt man diese Frau? Was hat sie getan? Antwort!" Sein stechender Blick glitt über die grimmigen Gesichter der Leute, die einen Kreis um ihn gebildet hatten.

Eine dickleibige Bäuerin trat zwei Schritte vor und stellte sich vor den jungen Mann hin, der sie, bolzengerade auf seinen Gehstock gestützt, herausfordernd anblickte.

„Junger Herr!", begann sie vorsichtig. „An der Sprache ist zu hören, dass Eure Wiege nicht bei uns gestanden ist. Vielleicht in Paris oder anderswo, wo Ihr Adeligen Euch breit macht. Darum verschwindet besser, und mischt Euch nicht in unsere Angelegenheiten."

„Sie sollte zuerst denken und erst dann reden, Frau! Wenn ich einen glatten Rock trage, bin ich weder ein Nobler, noch ein Adeliger. Ich bin aus dem Volk wie Ihr alle und die Paläste jener, zu denen man mich offenbar zählt, durften mein Vater und ich nur durch die gleiche Türe betreten, durch die auch Ihr sie nur betreten dürft. Durch das Botentor. Also dann – heraus mit der Sprache. Warum wird diese Frau verfolgt?"

„Euer Verhalten ehrt Euch, junger Herr", erwiderte einer in erstaunlich deutlicher Rede. „Aber diese Hexe verdient nichts Besseres. Viele unserer Kinder sind durch ihren bösen Blick krank geworden. Alles, was sie ansieht, verdirbt am selben Tag, egal ob Obst oder Gemüse, Fleisch oder Fisch –"

„Weil Deine Tomaten und Karotten schon faulig sind, wenn Du sie auf dem Markstand auslegst", kreischte die Frau hinter ihm. Sie hatte sich halb aufgerichtet und deutete in die Runde. „Es ist doch nicht meine Schuld, wenn die Kinder von Eurem verdorbenen Gemüse Durchfall bekommen. Und die Pocken haben uns die Soldaten gebracht, nicht ich!"

Erneut erscholl wütendes Geschrei und einer aus der Menge versuchte sogar, der Frau einen Schlag mit dem Stock zu versetzen. Doch der junge Mann hatte es bemerkt und dies mit seinem Gehstock verhindert, der unter dem Hieb krachend entzwei brach.

„Ein Wort von mir genügt, und mein Kutscher ruft die Stadtwache herbei!", sagte er in stoischer Ruhe. „Und dann wird es Euch allen schlecht ergehen."

„Weil es stimmt!", schrie die Frau neuerlich. „Die Fische stinken schon, wenn –"

Der junge Mann drehte sich flink zu ihr um und hob beschwichtigend die Hand. „Mit Ihrer Erlaubnis, Madame! Seien Sie still und lassen Sie sich auf keinen weiteren Streit mehr ein. Gehen Sie besser nach Hause!"

„Der Bursche ist auch schon von ihr behext!", ertönte es plötzlich aus der Menge. „Dieser Connard[2)]! Mit dem hätte man in der großen Revoluti-

on nicht lange gefackelt und ihn um einen Kopf kürzer gemacht."

Bedrohliches Gemurmel hub an. Die Stimmung wurde aggressiv.

„Schlagt sie beide nieder!", schrie plötzlich jemand. „Das Blut der Hexe und ihres Bâtard[3] soll fließen!"

Zustimmendes Gebrüll erfüllte die Luft. Die Menge rückte näher. Der junge Mann stellte sich schützend vor die Frau, die sich wieder zu Boden hatte fallen lassen. Er hob die Hände und rief mit fester Stimme: „Keinen Schritt weiter oder die Stadtwache wird aufmarschieren."

„Soll sie doch!", brüllte jemand. „Aber vorher haben wir die Stadt von diesen Mistkäfern befreit!"

Plötzlich, ehe die erregte Menge noch gegen den jungen Mann und die am Boden liegende Frau vordringen konnte, waren energische Befehle und Pferdegetrappel zu vernehmen. Gleich darauf sprang ein Offizier der Stadtwache von seinem Pferd und eilte auf die Menschenmenge zu. Hinter ihm tauchten weitere Uniformierte auf, die einen würdigen, eleganten Herrn begleiteten, der flotten Schrittes hinzutrat.

„Jean de Gaillard!", ertönte es erschrocken. Die Leute wichen rasch zur Seite. „Der Distriktpräfekt."

Dieser ging sofort auf den jungen Mann zu und betrachtete ihn eindringlich. Dann sagte er: „Sie haben sich in unnütze Gefahr begeben, mein Herr. Denn ein Streit unter Marktleuten will tunlichst ohne Einflussnahme Dritter ausgetragen sein."

Er blickte zu der Frau hin, die behände aufgestanden war, sich den Staub von ihrer Kleidung geklopft und ihre Frisur wieder in Ordnung gebracht hatte.

„Florence Babèrre", sagte er ernst. „Man hat Ihr schon mehrmals zu verstehen gegeben, sich nicht am Markt sehen zu lassen und geraten, die Stadt überhaupt zu verlassen. Sie ist verschrien bei uns, wegen Ihrer zweifelhaften Künste."

Unterdessen hatten die Soldaten der Stadtwache die Menschen abgedrängt, die sich nun langsam, teils brummend, teils protestierend, zurückzogen.

Als endlich wieder Ruhe eingekehrt war, wandte sich de Gaillard erneut an den jungen Mann, der in geradezu aristokratischer Haltung und mit unbewegter Miene vor ihm stand. „Nun zu Ihnen, mein Herr. Was hat Sie bewogen, sich mit Marktleuten zu streiten?"

„Man hat diese Frau aufs Äußerste bedrängt", erwiderte dieser mit fester Stimme. „Man hat ihr nach dem Leben getrachtet. Sie hat meiner Hilfe bedurft."

„So, so!", brummte de Gaillard. „Doch das ist Ihnen nicht eben gut bekommen. Fremd hier, nicht wahr? Sind Sie verletzt worden?"

„Nein, keineswegs. Nur mein Gehstock ist entzwei gebrochen. Aber das ist nicht der Rede wert. Ich besitze ein halbes Dutzend davon. Doch das Auftreten der Stadtwache ist zur rechten Zeit erfolgt, wie mir scheint."

„Gott sei 's gedankt, ja!" De Gaillard deutete zu einem der bereit stehenden Offiziere. „Folgen Sie nun der Stadtwache, Monsieur, damit Sie uns

Namen, Stand und Logis angeben und zweckdienliche Angaben zu Ihrer Person machen können."

Unterdessen war eine elegante Dame an de Gaillard herangetreten und zupfte ihn sanft am Ärmel. „Mein Gatte!", sagte sie leise. „Lassen Sie diesen jungen Herren doch nicht von der Stadtwache eskortieren. Erkennen Sie nicht, wer er ist?"

„Er?" De Gaillard deutete auf den jungen Mann. „Nein, meine Werteste. Woher sollte ich ihn kennen?"

„Aber denken Sie doch an unseren Besuch in Paris. An den wunderbaren Abend im Hause des berühmten Ferdinando Paër."

„Bei diesem Musiker, meinen Sie?"

„Natürlich. Sie waren damals sogar tief beeindruckt von den Leistungen dieses – Kindes, wie Sie zu sagen beliebten. Auf dem Fortepiano."

De Gaillard riss in plötzlichem Verstehen die Augen auf. „Sie meinen tatsächlich, meine Teuerste –?"

Sie nickte heftig. „Natürlich. Das ist bestimmt dieser junge Klaviervirtuose. Le petit Litz!", flüsterte sie ihm ins Ohr. „Er ist es. Ganz sicher. Seht doch seine feingliedrigen Finger. Freilich, das war vor mehr als einem Jahr, damals, in Paërs Musiksalon. Der Knabe ist zwar etwas älter geworden, aber er hat noch die gleiche schlanke Figur."

De Gaillard räusperte sich. Dann wandte er sich mit einem kurzen Lächeln an den jungen Mann. „Es hat den Anschein," sagte er ein wenig herablassend, „dass uns der Herr bekannt sein könnte. Ergo dessen kann man auf eine Eskortierung in die Stadtwache verzichten." Die-

ser lächelte fein und vollführte eine vollendete Verbeugung vor Madame de Gaillard.

„Sie gestatten, Madame, meine freudige Bewunderung dafür kund zu tun, dass Sie sich an den Abend bei meinem verehrten Pariser Lehrer zu erinnern belieben. Ich bin in der Tat François Liszt und weile im Augenblick in dieser Stadt, um meine Gesundheit wieder zu finden."

Madame de Gaillard machte einen kleinen Schritt vor. „Seien Sie herzlich willkommen. Ich denke –," sie blickte kurz zu ihrem Gatten empor, „dass wir uns freuen würden, Monsieur Litz schon bald bei uns zum Tee zu begrüßen."

„Ja, ja", ergänzte ihr Mann etwas zögernd. „Sagen Sie uns, wo Sie Quartier genommen haben, damit eine Einladung überbracht werden kann."

„Ich bin in der Rue Saint Martin bei einem Verwandten meines Freundes, dem Pariser Klavierfabrikanten Erard, abgestiegen. Gerne zu Ihren Diensten, Monsieur, alleine ich fürchte, dass –"

„Sind Sie wieder – wie damals in Paris – mit Ihrem Herrn Vater unterwegs?", unterbrach Madame de Gaillard neugierig.

Liszts Gesichtsausdruck umwölkte sich. „Ja und nein", antwortete er mit verhaltener Stimme. „Mein Herr Vater hatte mich zwar hierher begleitet, damit ich mich von den Anstrengungen meiner Konzertreise durch England erholen kann. Doch leider ist er vor drei Wochen plötzlich verstorben."

„Oh!" Fast gleichzeitig stieß das Ehepaar de Gaillard einen unterdrückten Ruf des Erschreckens aus, wobei beide die rechte Hand kurz vor den Mund hielten.

„Wie außerordentlich bedauerlich!“, meinte Jean de Gaillard nach kurzem Zögern. Seine Gattin jedoch schien von der Nachricht weniger betroffen zu sein: „Wir werden hoffentlich trotzdem das Vergnügen haben, dass Sie unsere Einladung annehmen?“

In einem kurzen Anflug von Verärgerung biss Liszt die Zähne zusammen, sodass die Backenknochen kurz hervor traten. Wieder einmal hatte er zu spüren bekommen, dass noble Herrschaften – wie eben Madame de Gaillard – am Schicksal von Menschen, die ihnen nicht ebenbürtig waren, so gut wie kein Interesse oder irgendeine Anteilnahme bekundeten. Wie oft war er im Verlauf seiner vielen Reisen mit dem Vater darüber verärgert gewesen, dass man ihn nach seinen Auftritten stets mit Anerkennung, Ehren und Zuwendungen überhäufte, seinem Vater jedoch nicht einmal den Zutritt zu den Palais', in denen er konzertierte, gestattet hatte. Ja, selbst dieser plötzliche, tragische Tod des nicht Ebenbürtigen war diesen Leuten ‚une chose négligeable'.

„Ich werde übermorgen nach Paris abreisen, da ich die Ankunft meiner Frau Mutter erwarte. Der plötzliche Tod meines Vaters hat mein Leben grundlegend verändert, wie man sich denken kann.“

„Ach so!“ Jean de Gaillard schien irgendwie erleichtert zu sein. „So leben Sie wohl, Monsieur. Wir wünschen Ihnen alles Glück und viel Erfolg mit Ihrer Kunst!“

Liszt machte eine tiefe Verbeugung. Das Ehepaar de Gaillard nickte ihm zu und schritt zu einer Kutsche, die in der Nähe abgestellt war.

„Ach – noch etwas!" Jean de Gaillard wandte sich um. „Sie sind noch sehr jung und unerfahren, wie mir scheint. Wie ich vorhin schon sagte: Halten Sie sich von dieser Babèrre, der Lilith, tunlichst fern."

Liszt machte eine kurze Geste des Verstehens, dann dreht er sich um. Doch die Frau, wegen der er vorhin in diese gefährliche Situation geraten war, hatte schon das Weite gesucht. Er lächelte zufrieden.

Langsam ging er zu seinem Coupé zurück, wo er vom aufgeregten Kutscher mit Vorwürfen empfangen wurde: „Sie haben sich in eine gefährliche Situation begeben, Monsieur. Ich habe Ihnen warnend nachgerufen. Aber – grâce à Dieu! –, haben Sie noch einmal Glück gehabt, dass die Stadtwache gekommen ist. Man hätte Ihnen beinahe alle Knochen gebrochen! Wer hätte dann den Fuhrlohn bezahlt, Monsieur?"

„Kennt Er diese Frau?", fragte Liszt, ohne auf die Worte des Kutschers einzugehen.

„Wer kennt die Lilith nicht?! Sie ist stadtbekannt und gefürchtet. Sie verwirrt die Menschen mit merkwürdigen Worten, blickt böse herum, alles verblüht und verdorrt –, sie ist eine Hexe! Früher hätte man sie kurzerhand verbrannt, doch heute ist sie sogar eine Madame."

Er ließ einen verächtlichen Laut hören, ehe er fortsetzte. „Madame! Dass ich nicht lache. Man sollte sie aus der Stadt jagen, samt ihren verfluchten Zauberkarten. Aber die Stadtverwaltung ist dazu nicht bereit. Und warum, Monsieur? Ganz einfach! Weil alle Weiber unserer Stadtdelegierten heimlich zu ihr schleichen, sich die Zukunft weis sagen und sich Kräutertränklein für dies und gegen jenes mischen zu lassen."

Liszt bestieg nachdenklich das Coupé. „Woher weiß Er denn, dass diese Frau in die Zukunft sehen kann?", fragte er wie nebenbei.

Der Kutscher schwang sich auf seinen Sitz. „Das sagen die Leute halt so", antwortete er ausweichend.

„Nichts da, Kutscher!" Liszts Stimme wurde energisch. „War Er selber schon einmal bei ihr? Oder hat Er einfach seine Frau vorgeschickt? Heraus mit der Sprache!"

„Da sei der Himmel vor!", rief der Kutscher zum Fenster zurück. „Wissen Sie denn nicht, dass die Lilith alle Männer verführt? Zumindest früher, als sie noch jung und schön war. Denn diese Hexe ist ja mit dem Teufel im Bunde. Den Frauen ist sie nicht so gefährlich. Meiner armen seligen Schwester hat sie vor vielen Jahren vorhergesagt, dass sie einen Mann bekommen wird."

„Und – hat sie?", fragte Liszt spöttisch.

„Ja, sie hat geheiratet, aber –" Der Kutscher verstummte.

„Was denn? Rede Er weiter!"

„Wenn diese Hexe jemandem zu Diensten ist – so heißt es –, dann muss man als Gegenleistung auf etwas verzichten."

„Wie soll man das verstehen? Begehrt die Frau keine Bezahlung?"

„Nein, nur wenn man sich aus der Hand lesen lässt. Aber wer macht das schon? Vielmehr verlangt sie, dass man auf etwas im Leben verzichtet."

„Also, sage Er es rund heraus: Seine Schwester hat also auf etwas verzichtet. Worauf?"

Der Kutscher seufzte. „Die Lilith hat ihr den Ehemann versprochen, wenn sie dafür auf ein hohes Alter verzichtet. So hat es mir meine arme Schwester am Sterbebett berichtet."

„Am Sterbebett – großer Gott! Die arme Frau ist gestorben?"

„Jawohl. Ganz plötzlich."

„Das tut mir Leid, doch das kommt vor!"

„Meine Schwester war zwei Jahre lang glücklich verheiratet – dann ist sie gestorben, weil die Lilith es so gewollt hat. Bei diesem Hexenpakt hat meine Schwester keine Antwort bekommen, wann denn das hohe Alter bei ihr beginnen würde. Sie, diese Lilith, hat ihr das Leben ganz einfach weggenommen, verstehen Sie? Die kann das!"

„Nein, das verstehe ich nicht, denn das mag auch mit einem Zufall in Verbindung sein!"

„Bei der Lilith hat nichts mit Zufall zu tun."

Liszt überlegte. „Eine interessante Person, diese Lilith", murmelte er und nickte gedankenverloren vor sich hin. Dann rief er zum Coupéfenster hinaus: „Los, Kutscher. Rue Saint Martin, Haus Erard. Ich habe Eile!"

II

Endlich war unsere lang geplante Reise nach F., einer kleinen Stadt in Böhmen, zustande gekommen. Wollten wir doch schon seit langem diese bekannt schöne Landschaft näher kennen lernen und zugleich dem dortigen Bezirksmuseum einen Besuch abstatten. Meine im Internet erfahrene Gattin hatte sich mit Verve ins Erkunden dieser Gegend gestürzt und ein umfangreiches Besichtigungsprogramm zusammengestellt. Dies war zwar nicht ganz in meinem Sinn, denn ich wollte genügend Zeit haben, auf den Spuren meines Großonkels, des Lisztschülers und Pianisten August Stradal (1860 - 1930) zu wandern, für den im besagten Museum ein Gedenkraum eingerichtet worden war. Diesem Museum bin ich auch insofern auf besondere Weise verbunden, als ein Verwandter von mir vor Jahren eine kleine Spendenaktion ins Leben gerufen hatte, an welcher teilzunehmen für mich nicht nur als Träger des Namens Stradal, sondern auch als Musikliebhaber selbstverständlich war, mit welcher die etwas finanzarme Institution in die Lage versetzt werden sollte, den Nachlass meines Großonkels musikwissenschaftlich aufzuarbeiten.

Nach Beendigung meiner aktiven Berufslaufbahn ist in mir nach und nach der Wunsch entstanden, über Leben und Wirken meines berühmten Vorfahren mehr zu erfahren. War er mir doch schon aus Tagen meiner Kindheit als eine Ehrfurcht gebietende Persönlichkeit in Erinnerung, da mehrere Portraits von ihm in jenem Zimmer meiner Klavierlehrerin hingen, bei der ich von meinem achten bis zum dreizehnten Lebensjahr Unterricht erhalten hatte.

Diese Klavierlehrerin war die jüngere Schwester meiner Großmutter. Sie hat ihrerseits in den Jahren 1914 und 1915 als junges Mädchen von August Stradal Klavierunterricht bekommen. Eine interessante Facette in der umfangreichen Familienchronik, welche der Bruder meines Vaters vor Jahren mit viel Sachkenntnis und Sorgfalt zusammen gestellt hatte und die mir die Erkenntnis brachte, dass ich mich somit über die Kette Klavierlehrerin - August Stradal - Liszt gewissermaßen in dessen musikpädagogischer Nachkommenschaft befand.

Auf eben diese hatte ich mich auch berufen, als ich mich mit der Museumsleitung in F. in Verbindung gesetzt hatte und freundlicherweise die Erlaubnis in Aussicht gestellt bekam, in der umfangreichen Korrespondenz von August Stradal und im Nachlass seiner Witwe Hildegard gewissermaßen familienwissenschaftliche Forschungen anzustellen.

Die lange Autofahrt nach F. nützte nun meine Frau, sich über meine entfernten Vorfahren etwas genauer zu informieren. Selbstverständlich kannte sie alle Namen und Verwandtschaftsgrade der ‚näheren' familiären Umgebung, aber alles darüber hinaus war ihr – und bis vor kurzem übrigens auch mir - weniger vertraut.

Sie hatte also den dicken Ordner mit der Chronik am Schoß und mühte sich vergeblich, den mehrfach gefalteten Stammbaum derart auseinander zu fächern, dass mir, dem Fahrzeuglenker, genügend Sicht nach vorne verblieb. Ein schwieriges Unterfangen. Entweder war unsere engere Familie lesbar, dann war der Zweig, dem August Stradal angehört, mehrfach eingefaltet. Oder die Linie vom Großonkel war lesbar, dann hing der restliche Stammbaum über ihrem Schoß bis zum Boden hinunter.

„So geht das nicht!", murmelte sie und fächerte das umfangreiche Werk mühsam zusammen. „Das muss ich dann im Quartier auf einem Tisch ausbreiten, damit ich einmal genau sehen kann, wie du mit diesem August in Verwandtschaft bist."

„Das ist doch ganz einfach", sagte ich. „Denke an jenen Franz Seraphim Stradal, der Ausgangspunkt der Chronik ist und der mit seinen neun Kindern dafür gesorgt hat, dass der Stammbaum so breit geworden ist."

„Gut! Und - wie weiter?"

„August hat in der Chronik die Nummer 1.1.7. Der erste Einser steht für den Franz Seraphim. Der zweite Einser für dessen erstes Kind und der Siebener dafür, dass August dessen siebentes Kind war. Mit ihm endet auch die Eins-Eins-Siebener-Linie, denn August hatte keine Kinder. Meine Nummer in der Chronik ist 1.9.3.3.3. Daraus ist zu ersehen, dass meine Stammlinie auf das neunte Kind des Seraphim zurück geht. Ich bin also das dritte Kind vom dritten Kind des dritten Kindes vom neunten Kind des –"

„Halt, halt! Langsam! Die vielen Dreier verwirren mich."

„Die Ziffern erleichtern aber das Verständnis. Der August hat 1.1.7. und ist daher in der gleichen Linie wie mein Großvater mit 1.9.3. – sie waren also Cousins. August war demnach der Onkel meines Vaters, folglich mein Großonkel."

„Aber des wievielten Grades?"

„Hoppla", brummte ich, als ich eine etwas engere Kurve zu nehmen hatte. „Das ist gar nicht so einfach. Seine Großeltern sind meine Ur-Urgroßeltern. Tja, der wievielte Grad ist das? Keine Ahnung! Aber immerhin – wir tragen den gleichen Namen. Mir ist fast wichtiger, dass ich mich auf eine musikpädagogische Linie zu Franz Liszt berufen kann. August war ja Schüler von Liszt, Großtante Dory, Großmamas Schwester, war Schülerin von August, und ich war Schüler von Dory. Ich hoffe, dass mir die Museumsleitung den Zutritt zu seiner Korrespondenz gestatten wird."

„Wurde dir das nicht schon zugesagt?"

„Nein, nicht so direkt. Man hat angedeutet, dass es möglich sein könnte. Immerhin bin ich ja einer der Sponsoren dieses Museums."

„Wahrscheinlich wirst du wieder eine Spende geben müssen oder wird man so etwas von dir erwarten. Aber eigentlich stimmt es nicht ganz, wenn man deinen August als *Schüler* von Liszt bezeichnet. Er war sechsundzwanzig Jahre alt und ist schon als ausgebildeter Pianist zu Liszt nach Weimar gekommen. Er hat demnach keine klassischen Klavierstunden genommen, sondern er war eine gewisse Zeit in seiner Gesellschaft."

„Da hast du schon Recht", pflichtete ich bei. „Aber dabei ist es, wie in seinen Erinnerungen[4)] zu lesen ist, ausschließlich ums Klavierspiel gegangen. Er schreibt ja auch, dass er dem Meister - er spricht von Liszt immer nur vom ‚Meister' – stets verschiedenes vorspielen musste. Natürlich erwähnt er mit keiner Silbe, weshalb und wie oft Liszt ihn ausgebessert hat. Er berichtet nur, dass er gelobt wurde und sogar Notenhefte mit Widmung erhalten hat, weil er so großartig vorgespielt hat."

„Wie lange war er bei Liszt?"

„Nur knapp zwei Jahre, und dabei auch nicht die ganze Zeit. Im Herbst 1884 ist er in Weimar zu ihm gestoßen. Liszt ist Ende Juli 1886 gestorben."

„Dann muss August ja auch die Fürstin Wittgenstein gekannt haben."

Ich nickte. „Natürlich. Liszts Lebensgefährtin, die Fürstin zu Sayn-Wittgenstein, hat er gut gekannt. Über sie schreibt er, dass er in Rom bei ihr sogar eingeladen war. Er berichtet mit großer Ehrfurcht und Bewunderung von ihr. Noch knapp vor ihrem Tod - wenige Monate nach Liszts Ableben - sollen sie noch miteinander korrespondiert haben."

„Vielleicht finden wir im Museum einen Brief von ihr", meinte meine Frau. „Es wäre doch interessant, was so eine berühmte Frau dem jungen Künstler schreibt."

„Sie hat ihm vielleicht Ratschläge für seine Konzerte gegeben. Höchstwahrscheinlich für Klavierabende mit Lisztkompositionen. Die Kritik hat August damals oft zerzaust, respektive nicht sein Spiel, sondern die Werke von Liszt in Grund und Boden nieder kritisiert. Der Komponist Liszt wurde ja vielerorts heftig bekämpft. Einerseits wegen seiner von der traditionellen Klassik abweichenden ‚Programmmusik', den Paraphrasen und Bearbeitungen, und andererseits wegen seiner Nähe zu Richard Wagner und der kompromisslosen Unterstützung dessen Werke."

Während unserer Unterhaltung war die Zeit rasch verflogen, Kilometer für Kilometer wurde von unserem braven Wagen ‚gefressen', das Panorama ringsherum wurde romantischer, dichte, wenig besiedelte Wälder und Hügel erstreckten sich weit in die Landschaft hinein, und am späten Nachmittag langten wir in F. an, wo wir uns sofort auf die

Suche nach dem Museum machten. Heute, Montag, war an einen Besuch noch nicht zu denken, sind doch an diesem Tag alle Museen geschlossen. Doch morgen wollten wir keine Zeit verlieren und schon einmal informiert sein, wo wir hinfahren müssten.

Wir fanden das Gebäude erst nach längerer Suche, weil es hinter einem mächtigen Gerüst nicht gleich als solches erkennbar war. Auch erweckte es nicht den Eindruck, zurzeit für Besucher geöffnet zu sein. Meine Frau schien darüber weniger betrübt zu sein als ich, denn ein wegen Renovierung geschlossenes Museum würde immerhin bedeuten, dass ihr gesamtes Besichtigungs- und Wanderprogramm von keiner stundenlangen Stöberarbeit in verstaubten, schwer leserlichen Papieren beeinträchtigt sein würde. Ich hingegen klammerte mich an die Hoffnung, dass die Museumsleitung ja von den Bauarbeiten informiert gewesen sein musste, als sie mir die Möglichkeit zu einer privaten Familienforschung in Aussicht gestellt hatte.

Unser vorbestelltes Quartier war anschließend rasch gefunden, das geräumige Zimmer ebenso rasch bezogen, und schon bald saßen wir beim Abendessen und waren, als die momentan einzigen Gäste, mit der Hausfrau, die sehr gut deutsch sprach, in einem angenehmen Geplauder. Wir wollten natürlich Näheres über das eingerüstete Museum wissen.

Die freundliche Dame wusste leider nichts Genaueres, doch sie versprach, Erkundigungen einzuziehen. Später, als wir bei einem kühlen Bier über Landkarten gebeugt saßen und mögliche Wanderungen für den nächsten Tag auskundschafteten, kam sie zu uns und berichtete, dass das Museum momentan für Besucher geschlossen wäre. Wegen Renovierungsarbeiten und einem kürzlich erfolgten Einbruch. Aber wir sollten morgen dennoch hingehen und mit der Museumsleitung sprechen, denn in der Verwaltung würde trotz allem gearbeitet.

„Es ist eingebrochen worden?", fragte ich neugierig.

„Ja, ja. Aber das Merkwürdige daran ist, dass offenbar keine Ausstellungsstücke entwendet wurden. Nur die Kassa ist aus dem Büro gestohlen worden."

„Gäbe es denn Wertvolles im Museum?"

„Oh, doch, doch! Einige alte Gemälde und Skulpturen. Auch schöne Sachen von früher, aus den Kirchen. Kelche und Messgewänder. Und viele Urkunden mit Wappen und Siegeln."

„Wird wohl viel Geld drinnen gewesen sein", überlegte meine Frau.

Unsere Wirtin lachte nur kurz auf. „Das ist ja das Unverständliche. Da war nämlich fast nichts drinnen. Nur ein paar Kronen. Unser Museum ist ja nicht reich. Braucht keine große Kassa. Kleingeld für den Postboten oder Papier für das Büro, nicht?"

„Wird jemand halt schnell ein paar Kronen benötigt haben", warf ich ein.

„No, da hat er sich aber eine große Mühe gemacht. Über das Gerüst in den zweiten Stock, dort durch das winzige Fenster vom Damen-WC. Nur wegen ein paar Kronen? Nein, nein, das kann ich mir nicht vorstellen."

Ehe ich weiterfragen konnte, wurde sie in die Küche gerufen und eilte davon. Wir hingegen beschlossen, unser Bier auszutrinken und schlafen zu gehen. Schließlich waren wir viele Stunden mit dem Auto unterwegs gewesen. Da darf man schon müde sein.

III

Nachdem er das Mittagessen in der angenehmen Gesellschaft der Gastgeber eingenommen hatte, zog sich Franz Liszt in seine Räumlichkeiten zurück, wo er sich auf das Bett fallen ließ. An einen kurzen Erholungsschlaf war allerdings nicht zu denken, denn der Schmerz über den plötzlichen Tod des Vaters war erneut aufgebrochen und ließ abermals die Sorge hochkommen, wie es in der nächsten Zeit mit ihm weitergehen würde. Die lenkende Hand des Vaters war für immer verschwunden. Fortan musste er, der Unerfahrene, der nichts anderes als sein Klavierspiel kannte, sich selber um alles kümmern. Wohl fand er sich von seinen Gastgebern rührend umsorgt, und Gilbert, ein enger Mitarbeiter des Hauses Erard in Paris, der gemeinsam mit dem Vater für Konzerteinladungen sowie für Reise und Quartiere sorgte, hatte ihm versichert, auch weiterhin für den ‚großen Künstler' Franz Liszt tätig bleiben zu wollen. Doch für wie lange? Was würde geschehen, wenn sein Ruhm verblasst? Wird Gilbert im Stande sein, ihn – wie es der Vater getan hat – zu lenken, zu unterstützen, ihm zu raten, ihm den Weg in die Zukunft zu ebnen? Konnte er ihm auch seine finanziellen Angelegenheiten anvertrauen, um welche der Vater sich stets persönlich gekümmert hatte?

Eine innere Stimme mahnte ihn, sich bei diesen, ihm gänzlich fremden und komplizierten Dingen wohl zusätzlich von einer anderen Person seines

Vertrauens instruieren zu lassen, wollte er nicht in Abhängigkeit von Gilbert geraten. Vater hatte alle Ersparnisse beim Bankhaus Rothschild in Paris deponiert. Er würde sich dort daher sogleich persönlich zu Baron James Rothschild begeben müssen, um sich über die Höhe des Ersparten zu informieren und über dessen weitere Verwendung den Rat des erfahrenen Bankiers zu erbitten.

Diese bangen Gedanken wurden durch ein energisches Klopfen an der Türe jäh unterbrochen. Hugo, einer aus der Dienerschaft des Hauses, welcher seit dem Tode von Vater Liszt dem Sohn zugeteilt worden war, trat ein und verbeugte sich.

„Monsieur“, sagte er mit sonorer Stimme. „Das Musikzimmer ist bereit!“

„Danke, Hugo!“ Liszt schnellte mit jugendlicher Behändigkeit hoch und rieb die Hände aneinander. „Ich komme.“

Hugo, schon etwas reif an Jahren, aber mit untadelig aufrechter Figur, traf keine Anstalten den Raum zu verlassen. Vielmehr blickte er Liszt freundlich entgegen, der auf die Türe zuging. „Ist es mir gestattet, Monsieur, eine Bemerkung anzubringen?“

Liszt verhielt seinen Schritt und bedeutete Hugo, dass er nur sprechen sollte.

Dieser räusperte sich kurz, ehe er mit gesenkter Stimme sprach. „Ich möchte meine große Erleichterung kundtun, dass Monsieur heute Vormittag am Marktplatz nicht zu Schaden gekommen ist.“

„Zu Schaden? Wie meint Er das, Hugo?“

„Die Bauern und Fischer unserer Umgebung sind arme Leute, Monsieur. Sie fürchten den bösen Blick der Lilith und deshalb verjagen sie diese

Frau, wann immer sie sich am Marktplatz blicken lässt. Wer sich dabei einmischt, gerät leicht in Gefahr, selber Opfer ihres Zorns zu werden. Wäre nicht der ehrenwerte Monsieur de Gaillard erschienen, es hätte für Sie, Monsieur, schlimm enden können."

Liszt blickte belustigt auf den Diener. „Ach, das ist gemeint. Doch – nun ein Wort! Woher weiß Er darüber Bescheid?"

„Monsieur ist das Tagesgespräch in der Stadt. Babette, die Gehilfin in der Küche, war zu Mittag auf Botengang und ist mit dieser aufregenden Neuigkeit heimgekommen."

„Nichts ist daran aufregend, Hugo. Madame Babèrre ist bereits am Boden gelegen. Wehrlos. Und der Pöbel hat gejohlt, gebrüllt und hätte diese wehrlose Frau womöglich getötet. Ich habe nur getan, was notwendig war."

Der Diener trat verlegen von einem Fuß auf den anderen. „Monsieur ist fremd hier, und Monsieur ist noch sehr jung, wenn ich mir gestatten darf, solches anzumerken. Aber diese Lilith ist ein böses, gefährliches Weib. Eine Hexe. Gebe Gott, dass Sie von ihrem grauenhaften Blick nicht schon getroffen worden sind!"

„Hugo!", rief Liszt belustigt. „Bleibe Er mir doch vom Leibe mit solchen Ammengeschichten!"

„Sie dürfen meinen Worten durchaus Glauben schenken. Ich habe in den Jahren meines Lebens viel gesehen und viel erlebt. Doch wer die Hände betrachtet, wer aus verwünschten Spielkarten die Zukunft zu deuten versteht – der muss mit dem Teufel im Bunde sein."

Liszt hatte genug gehört. Er wurde ungeduldig.

„Ich danke für die Obsorge, die Er meiner Seele zuteil werden lässt. Doch nun will ich mich der Musik widmen."

Damit ließ er den sich verbeugenden Diener stehen und eilte ins Musikzimmer, wo das Instrument bereits geöffnet war und eine Karaffe mit Wasser auf einem kleinen Tischchen bereit stand.

Liszt ging ohne Umschweife zum Klavier, setzte sich, seine Finger mehrmals durchstreckend, nieder und blickte geraume Zeit auf die Tasten. Dann begann er zu spielen. Zunächst Tonleitern hinauf und hinunter, sodann Fingerübungen mit Terzen, Quarten, Quinten, Oktaven. Sodann breiter werdende Akkorde, gefolgt von Läufen und Stakkatoübungen.

Schon bald hatte er seine Umgebung vergessen. Er spielte, teils mit geschlossenen Augen, teils in Verzückung nach oben blickend, die komplizierten Etüden, welche sein Pariser Lehrer, Fernando Paër, akkurat für ihn komponiert hatte, gewissenhaft herunter, er unterbrach das Spiel, verbesserte, spielte Passagen zunächst mit der linken, dann mit der rechten Hand, ehe er von Neuem begann. Er hatte sich der Musik völlig hingegeben.

Doch plötzlich brach er sein Spiel jäh ab und lauschte angespannt. Seine Konzentration war gestört worden. Gedämpfte Geräusche unbestimmter Natur drangen an sein Ohr. Unwirsch runzelte er die Stirn. Ist doch bei der Einquartierung der Liszts die ausdrückliche Anweisung des Hausherren ergangen, jegliches Herumgehen und Herumwerken zu jenen Zeiten strengstens zu unterlassen, wenn Monsieur Liszt Klavier spielt. Folg-

lich herrschte im Hause um diese Uhrzeit absolute Stille.

Doch heute offenbar nicht, denn Liszt vernahm nun Stimmengewirr und aufgeregtes Getrappel auf der hölzernen Vestibülstiege.

Zum Kuckuck! Wer störte heute seine wertvolle Übungszeit? Augenblicke später wurde an die Türe geklopft.

„Entréz!", rief er unwirsch. „Was gibt es denn?"

Hugo trat ein und verbeugte sich tiefer als gewöhnlich. „Ich bitte Monsieur um Nachsicht, dass die Musikstunde gestört wurde. Jedoch haben wir es bedauerlicherweise nicht zustande gebracht, diese Lilith zu bewegen, das Haus zu verlassen.

„Madame Babèrre ist im Hause?", rief Liszt überrascht.

In Hugos Gesichtsausdruck waren Anzeichen einer Verärgerung zu erkennen, als er weiter sprach. „So ist es! Jedoch wurde ihr der Zutritt nicht gestattet, vielmehr hat sie ihn sich erzwungen."

„Verstehe ich Recht, Hugo? Madame ist mit Gewalt eingedrungen?"

„So ist es, Monsieur. Ferdinand hat auf das Klopfen die Türe einen Spalt geöffnet, weil er durch das Blickloch niemanden ausmachen konnte. Die Lilith hat sich vermutlich für diesen Moment unsichtbar machen können. Kaum war die Türe geöffnet, ist sie an Ferdinand vorbei in den Vorraum geschlüpft."

Liszt lächelte. „Nun gut! Was hat Ferdinand daraufhin unternommen?"

„Er hat alles versucht, sie zum Verlassen des Hauses zu bewegen. Jedoch vergeblich."

„Ei, der treffliche Ferdinand verfügt doch über Kräfte wie ein Pferd, Hugo. Er hätte sie nur am Arm nehmen müssen und –"

„Ferdinand hat es verständlicherweise nicht gewagt, die Lilith zu berühren, weil man damit einer Krankheit zum Opfer fallen kann oder zumindest einen unappetitlichen Ausschlag bekommen wird."

Liszt machte eine abwertende Handbewegung.

„Unsinn so etwas!", sagte er verärgert, fügte aber sogleich versöhnlich hinzu: „Aber warum kommt Er mit der Sache zu mir?"

„Weil die Lilith Sie, Monsieur, zu sprechen wünscht."

„Mich?" Liszt legte die Hand überrascht auf seine Brust.

„Jawohl. Sie will zu Ihnen, Monsieur, und sie hat sogar die Unverschämtheit zu behaupten, Sie würden Ihren Besuch erwarten."

Liszt überlegte kurz.

„Was würde geschehen, mein bester Hugo, wenn ich Madame Babèrre nicht zu empfangen wünsche?"

„Was Sie, wie ich mir zu hoffen erlaube, auch nicht tun werden. Babette kann sofort zur Stadtwache eilen, um Hilfe zu holen."

„Und was geschieht, wenn ich Madame Babèrre doch empfange?"

Hugo verzog keine Miene. „Nach der gesellschaftlichen Gepflogenheit wäre diese Frau damit ein Gast des Hauses und hätte das Recht, begrüßt und bewirtet zu werden. Ich erlaube mir, Mon-

sieur vor diesem unbedachten Schritt eindringlich zu warnen."

„Warnen? Warum denn?"

„Deshalb, Monsieur, weil niemand wissen kann, welcher böse Zauber fortan auf diesem Hause lasten wird. Krankheiten, Not, Elend – die Lilith bringt nur Unglück."

Liszt seufzte. Er erhob sich vom Klavier und ging auf Hugo zu. „Er kann beruhigt sein. Ich kenne die Leute vom Schlage der Madame Babèrre ziemlich gut, Hugo."

„Wie? Ich verstehe nicht –"

„Meine Kindheit habe ich in Ungarn verbracht. Das liegt weit im Osten, und dort gab es immer wieder Besuch von fahrendem Volk. Fremdartige, bunt gekleidete Menschen, ständig auf Wanderschaft, die ihr Brot mit allerlei Zirkuskunststücken und Musizieren verdienen. Ich habe sie gemocht, weil ihre Musik so anders war. Mitreißend, durch seltsame Rhythmen, und aufregend durch fremd anmutende Tonschritte. Ich vermute, Madame Babèrre gehört oder gehörte zu einem solchen Volk."

Hugo straffte sich. „Was befehlen Sie demnach?"

Liszt ließ ein paar Augenblicke verstreichen ehe er ruhig antwortete: „Ich lasse Madame Babèrre bitten!"

IV

Der folgende Tag war trüb und regnerisch. Wir parkten den Wagen etwas abseits vom Museum und machten uns hoffnungsvoll auf den Weg. An der Eingangstür hing etwas schief ein handgeschriebener Zettel mit der Aufschrift: ‚Muzeum zavřeno[5]', was ich natürlich nicht verstand, aber vermutlich „geschlossen" oder so ähnlich hieß. Trotzdem war sie einen Spalt breit offen, und wir betraten den Vorraum, in welchem rechts ein Stiegenhaus zu erkennen war. Um uns herum war bedächtiges Treiben. Maurer und Anstreicher beherrschten die Szenerie.

Wo war die Verwaltung? Da alles mit Zeitungspapier verhängt war, konnten wir kein Hinweisschild erkennen.

Kurz entschlossen ging ich zu einem der Männer, der mit dem Rücken zu mir neben einer ratternden Mischmaschine stand. Er las rauchend in einer Zeitung. Ich zupfte ihn vorsichtig am Arm.

„Pardon", sagte ich und blickte fragend nach allen Richtungen. „Administration? Wo?"

Der Angesprochene drehte sich um, schaute mich kurz an, deutete sodann zur Treppe und sagte etwas, was ich auch dann nicht verstanden hätte, wenn er die Zigarette aus dem Mund genommen hätte. Ich glaubte dennoch

‚jedna', also eins, verstanden zu haben, was den Schluss zuließ, dass wir uns in den ersten Stock begeben sollten. Außerdem hatte er deutlich nach oben geblickt.

Dort angekommen, klopfte ich an eine Türe mit der Aufschrift ‚Ředitelství a správa[6] František Holub'. Wir warteten einige Zeit auf eine Reaktion und traten, da sich nichts rührte, ein.

Der Raum war leer, doch eine Verbindungstüre zum Nebenzimmer stand offen. Dort sahen wir einen gewichtigen Herrn hinter einem Schreibtisch, vor welchem eine junge Dame mit Papieren in der Hand stand.

Bei unserem Eintritt drehte sie sich zu uns und rief etwas heraus, was wir natürlich nicht verstanden. Wir warteten geduldig, bis der Herr hinter dem Schreibtisch der Dame bedeutete, sich um uns zu kümmern.

Als wir dann den Grund unseres Besuches erläuterten, wurde Frau Aneta Kirilová - so hatte sie sich in sehr gutem Deutsch vorgestellt - ein wenig verlegen, bot uns Platz an einem wackeligen Tisch an und entschwand mit dem Hinweis, dass sie dies mit dem Herrn Direktor besprechen müsste, ins Nebenzimmer. Diese Unterredung fand hinter der verschlossenen Tür statt und dauerte beängstigend lange, weshalb meine Frau die Vermutung äußerte, man wäre hier von unserem Besuch und meinem Wunsch, auf Großonkels Spuren zu wandern, wahrscheinlich gar nicht unterrichtet.

Nach einiger Zeit öffnete sich die Türe. Frau Kirilová lud uns ein, einzutreten. Herr Direktor Holub erwarte uns.

Wir betraten gespannt das Büro, welches sich von jenem der Frau Kirilová nur dadurch unterschied, dass ein Bild von Václav Havel an der Wand hing und in einem Eck je eine Fahne des Landes und eine der EU lehnte. Zu unserer Erleichterung begrüßte uns der Herr Direktor auf Deutsch, verwies allerdings auf mangelnde Sprachkenntnisse und forderte uns auf, an einem bequemen Tisch Platz zu nehmen.

Nachdem uns Frau Kirilová frisches Wasser und einen Teller mit kleinen Süßigkeiten gebracht hatte, lehnte sich Holub erwartungsvoll zurück und erkundigte sich, weshalb wir gekommen wären.

Das war jetzt mein Auftritt. Ich berichtete zunächst von den böhmischen Wurzeln meiner Familie, von meinem Großonkel August und meiner musikalischen Nähe zu ihm und damit auch zu Franz Liszt. Ich verwies auf die Korrespondenz mit der Museumsleitung und meinen Wunsch, in der Hinterlassenschaft meines Großonkels ein paar Tage forschen zu dürfen, um damit mein Familienarchiv zu bereichern. Ich übergab ihm den Brief der Museumsleitung, der von einem Dr. Svátanek unterzeichnet war.

Während Holub den Brief überflog und ihn anschließend wortlos zurückreichte, trachtete ich, den Faden nicht zu verlieren. „Meine Frau wird mir gelegentlich bei den Arbeiten behilflich sein", schloss ich und fügte aus Gründen der Gesprächsklimapflege hinzu: „Doch ihr vornehmlicher Wunsch ist das Kennenlernen dieser wunderschönen Gegend hier."

Jetzt schien Holub, der meine Ausführungen bis zu diesem Punkt mit unbeteiligter Miene verfolgt hatte, wieder zum Leben zu erwachen. Er warf meiner Frau ein gewinnendes Lächeln zu - sein erstes, seit wir das Büro betreten hatten - und beugte sich zu ihr. „Ist ein schönes Land hier, Frau Stradalová. Sie müssen gehen und alles anschauen, alles, was hier ist. Haben Sie eine Karte für Ihre Wanderungen?"

Ehe meine Frau darauf etwas antworten konnte, war er schon aufgestanden und eilte zu seinem Schreibtisch. Er kramte in verschiedenen Laden und kam mit einem Stoß Prospekte zum Tisch zurück.

Meine Frau langte interessiert nach den Unterlagen und betrachtete sie sichtlich erfreut. „Vielen Dank, Herr Direktor!", sagte sie nach einiger Zeit. „Leider kann ich den tschechischen Text nicht verstehen. Aber das ist nicht so schlimm, wir haben uns daheim schon im Internet über die vielen Sehenswürdigkeiten informiert."

Holub war erneut aufgestanden und riss die Türe zum Sekretariat auf. „Aneta!", rief er energisch. „Besorge für Frau Stradalová alle deutschen Prospekte aus dem Tourismusbüro."

Als er wieder Platz genommen hatte, entschloss ich mich, das Heft des Handelns wieder in die Hand zu bekommen. Ich hatte doch ein ganz anderes Anliegen an die Museumsleitung als das Einsammeln von Prospekten.

„Danke vielmals, Herr Direktor“, setzte ich fort und fügte noch ein: „Wie aufmerksam von Ihnen!“, hinzu, ehe ich das Thema wechselte. „Wie steht es nun mit der Möglichkeit, das Gedenkzimmer meines Großonkels zu besichtigen und einige Nachforschungen anzustellen?“

Holub schien von meiner Frage überrascht worden zu sein. „Tja, also –“, antwortete er etwas gedehnt. „Das Museum ist momentan geschlossen, weil wir eine Renovierung machen. Da kann ich Besucher leider nicht hinein gehen lassen. Zu gefährlich. Überall Baumaterial, Seile, Maschinen, Leitern – es besteht die Gefahr zu stürzen und sich zu verletzen.“

„Das ist allerdings sehr unangenehm, denn wir sind extra deshalb hergekommen“, sagte ich, der ich solches schon befürchtet hatte. „Allerdings war davon im Schreiben von Herrn Dr. Svátanek nicht die Rede. Und dieser Brief“, ich reichte ihn erneut über den Tisch, „ist erst vor Kurzem geschrieben worden. Da sind die Bauarbeiten sicher schon geplant gewesen.“

„Wir sind hier nur ein Filialmuseum, Herr Stradal. Dr. Svátanek arbeitet in der Museumsabteilung der Distriktsdirektion. Sie hätten vorher mit mir telefonieren sollen.

Dann wäre es kein Problem gewesen, Ihnen zu sagen, dass Sie später einmal gerne kommen können, wenn das Museum wieder offen ist. Auch bis die Arbeiten zur Klärung des Einbruchs abgeschlossen sind. Es ist nämlich kürzlich eingebrochen worden, und wir müssen alles erst aufarbeiten. Das ist eine Anweisung von Dr. Svátanek."

„Ich habe also keine Chance, die Hinterlassenschaft meiner Anverwandten zu sehen?"

„Ich müsste das mit Svátanek gesondert besprechen. Er ist aber heute nicht im Büro. Kongress in Prag."

„Könnten Sie vielleicht versuchen, ihn am Mobiltelefon zu erreichen?"

Holub betrachtete mich mit einem undefinierbaren Blick. Dann stand er auf und ging wieder zur Türe.

„Aneta!", rief er hinaus. „Probiere doch, den Chef zu erreichen. Oder rede auf die Sprachbox und bitte um einen Rückruf! – Aneta?"

Er griff sich auf die Stirn, schloss die Türe und kam zum Tisch zurück.

„Sie ist nicht da. Sie holt ja die Prospekte für Ihre Wanderungen." Er lächelte meiner Frau wieder zu.

„Ja, ja", sagte ich trocken. „Aber besteht denn absolut keine Möglichkeit, in die Dinge meines Großonkels Einsicht nehmen zu können. Ist sein Gedenkraum denn ebenerdig, wo gearbeitet wird?"

Holub deutete nach oben. „Nein, nein! Er ist im zweiten Stock. Warum fragen Sie?"

„Die Bauarbeiter und Maler habe ich nur im Erdgeschoß und hier in Ihrem Stockwerk gesehen, Herr Direktor. Da könnte ich doch –"

„Herr Stradal!", unterbrach mich Holub und schien sich seiner Position bewusst zu werden. „Ich sagte Ihnen doch, dass hier alles gefährlich ist. Der Stradalraum darf derzeit nicht betreten werden. Ist so!"

Ehe ich etwas antworten konnte, ging die Türe auf. Doch nicht Aneta Kirilová kam herein, sondern ein Herr in legerer Freizeitkleidung, der ein dickeres Kuvert auf den Schreibtisch legte.

„Dobré ràno[7)], Frantisek", grüßte er und winkte zum Tisch. „Ich störe hoffentlich nicht! Ich habe schon von Aneta gehört, dass du Gäste aus Österreich hast. Ich lege nur die Fotokopien von den Grabungsbescheiden auf den Tisch."

Holub winkte ihm, näher zu kommen. „Jiři, her zu uns! Ich will dich mit Herrn und Frau Stradal aus Österreich bekannt machen. Herr Stradal ist ein Verwandter von unserem August Stradal. Und Frau Stradalová will alle Schönheiten unserer Umgebung besichtigen!" Er deutete auf den Herrn, der an den Tisch getreten war. „Und das ist Jiři Třibil, der wissenschaftliche Berater von unserem Museum!"

Es folgte ein freundliches Händeschütteln.

„Herr Stradal ist leider umsonst gekommen", erläuterte Holub bedauernd. „Weil das Stradalzimmer ja wegen dem Umbau im Haus geschlossen ist. Später einmal –"

„Aber vielleicht", fiel ich ihm mutig ins Wort, „wird Herr Direktor Holub so freundlich sein, und eine Erlaubnis für meine Familienforschungen bei Herrn Dr. Svátanek erwirken."

Herr Tříbil blickte mich überrascht an. „Familienforschung? Ach so! Ich dachte schon, Sie suchen auch etwas über Franz Liszt!"

„Liszt?", entgegnete ich erstaunt. „Nein, eigentlich nicht, aber vielleicht gibt es noch den einen oder anderen Brief von ihm an meinen Großonkel. Ich würde ihn dann mit der Erlaubnis vom Museum gerne für meine Familienchronik fotokopieren."

„Das verstehe ich." Er blickte zur Tür, in welcher Frau Kirilová eben erschienen war.

„Leider!", sagte sie, wobei sie die leeren Hände in der Luft drehte. „Deutsche Prospekte werden erst in einem Monat da sein. Es ist jetzt noch nicht die Zeit für den Fremdenverkehr."

„Das spielt keine Rolle", beeilte sich meine Frau zu versichern. „Wir werden die Sehenswürdigkeiten auch ohne deutschsprachige Unterlagen finden."

„Wenn Sie dann das nächste Mal kommen", meinte Holub und blickte mich dabei nicht an, „werden die Prospekte sicher bereit sein. Und während Ihr Mann forscht, werden Sie, Frau Stradalová, das schöne Böhmen schon bald viel besser kennen als er. Ha, ha."

Tříbil verabschiedete sich. „Na shledanou[8)]! Ich muss jetzt wieder weg. Ich habe heute noch Termine." Er verbeugte sich vor uns. „Guten Tag noch und einen schönen Aufenthalt bei uns. Haben Sie ein ordentliches Quartier?"

Meine Frau nannte unsere Adresse.

„Da sind Sie trefflich versorgt, Frau Stradalová, denn dort kocht meine Cousine."

„Davon haben wir uns gestern schon überzeugen können. Und unsere Hausfrau ist auch sehr freundlich."

„Das ist die selbe Cousine!", rief er und verschwand.

„Ach!"

Holub blickte auf die Uhr.

„Ich habe jetzt noch einiges zu arbeiten", sagte er und erhob sich. „Leben Sie wohl und haben Sie schöne Tage bei uns!"

Wir erhoben uns ebenfalls. Was sollten wir auch anderes tun. Holub küsste meiner Frau zum Abschied formvollendet die Hand.

„Vielleicht könnte Frau Kirilová jetzt doch noch versuchen, Herrn Dr. Svátanek am Mobiltelefon zu erreichen?", machte ich einen letzten Versuch, zu retten, was vielleicht schon verloren war.

Doch Holub ging darauf nicht ein. Er reichte mir die Hand. „Ja, ja, ich werde sehen, ob sich etwas machen lässt. Es gibt seit Kurzem neue Umstände, die den Stradalraum –, ach! Es geht momentan nicht. Doch jetzt drängt die Pflicht. Ich werde Ihnen über Jiři Tříbil Nachricht geben. Auf Wiedersehen."

Als wir kurz darauf wieder im Auto saßen, war wegen des heftigen Regens an eine der geplanten Wanderungen wirklich nicht zu denken.

„Wir schauen uns einmal im Zentrum um", schlug meine Frau vor. „Die Pfarrkirche zum Beispiel!"

„Ist gut!", sagte ich geistesabwesend, denn ich dachte über ein paar Sachen nach, die mir im Museum nicht gefallen hatten.

„Warum tut der Holub so, als wüsste er nichts von unserem Besuch?", sinnierte ich vor mich hin. „Ich versteh das nicht. Er musste ja davon informiert sein, denn er hat doch eine Kopie des Briefes erhalten!"

„Das können wir nicht wissen. Aber wenn ein Besuchsverbot besteht - wegen des Einbruchs oder der Renovierungsarbeiten –, was soll 's! Bei uns würde man zwar alles tun, damit Besucher trotzdem hinein können. Aber hier ist das offenbar anders."

Ich nickte. „Hast wahrscheinlich Recht. Aber trotzdem glaube ich, dass ein Besuchsverbot nicht so ernst gemeint sein kann. Sonst hätte Holub doch bestimmt gesagt, dass selbst ein Telefonat mit Dr. Svátanek nichts ändern kann. Und dann hat er beim Weggehen noch so eine Andeutung gemacht, dass es seit Kurzem neue Umstände gibt. Wahrscheinlich, dass wir nicht in den Raum dürfen. Doch meine Hoffnung bist einfach du."

„Wieso ich?" Meine Frau war erstaunt.

„Na, bitte! Du hast auf den Herrn Direktor einen nachhaltigen Eindruck gemacht. Die Prospekte, der Handkuss –"

„Ach, lass das!"

„Bestimmt, Ulli! Ich möchte morgen oder übermorgen unbedingt nochmals vorsprechen und versuchen, in den Stradalraum zu kommen. Wenn wir dann bei ihm sind, werde ich mich zurückhalten, und du redest. Du musst ihm halt sagen, dass es für mich wichtig ist, Näheres über den August in Erfahrung zu bringen."

„Jetzt warten wir einmal den Tag ab", meinte meine Frau. „Vielleicht telefoniert er wirklich mit diesem Svátanek." Sie blickte gedankenverloren zum Fenster hinaus. „Aber etwas anderes macht mich nachdenklich!"

„Was denn?"

„Erinnerst du dich, was dieser Herr Tříbil gesagt hat, als wir ihm vorgestellt wurden?"

„Ja, er hat geglaubt, wir sind Lisztforscher. Was ist da so Besonderes daran?"

„Er hat nämlich so erstaunt ‚auch' gesagt. Wie hat er das gemeint? Dass wir *auch* über Liszt forschen, also nicht nur in Familiensachen, sondern eben auch über Liszt? Oder hat er gemeint, dass auch *wir* über Liszt forschen?"

„Das ist doch nur eine Feinheit der Betonung, Ulli!" Ich schüttelte den Kopf.

„Vielleicht sind wir gar nicht die Ersten, die im Stradalzimmer forschen wollen!“

Jetzt wurde ich hellhörig. „Ach, das meinst du! Na ja, vielleicht verweigern sie uns deshalb den Zutritt. Wäre doch möglich. Aber dann frage ich mich: Gibt es im Gedenkraum, von August Stradals etwas, das wir nicht sehen sollen? Vielleicht im Zusammenhang mit dem kommenden Lisztjahr 2011?“

„Mag sein!“, brummte meine Frau. „Aber jetzt: Auf in die Innenstadt!“

V

Hugo verließ das Zimmer, schloss jedoch die Türe hinter sich nicht, sondern kam unmittelbar darauf wieder herein und nahm neben ihr Aufstellung. „Madame Florence Babèrre, Monsieur!“, sagte er feierlich.

Im gleichen Augenblick betrat die Angekündigte den Raum, rauschte an Hugo vorbei auf Liszt zu und vollführte vor ihm eine Reverenz, die angesichts ihrer knallbunten Kleidung ein wenig kurios wirkte. „Ich bin Monsieur zutiefst dankbar,“ rief sie, wobei sie, um die Balance zu halten, eine Hand als Stütze auf dem Parkettboden benützte, „dass mir die hohe Ehre einer persönlichen Zusammenkunft gewährt wird.“

Liszt deutete dem Diener, dass er sich entfernen könne und forderte Madame Babèrre auf, sich zu erheben. „Beugen Sie Ihr Haupt besser vor einem Herrscher oder vor der Nobilität dieses Landes, Madame. Nicht vor mir. Ich bin nur ein einfacher Mann des Volkes. Doch nehmen Sie Platz.“

Nachdem sie sich mit einiger Mühe und unter Zuhilfenahme des neben ihr postierten Sessels wieder aufgerichtet und gesetzt hatte, strich sie umständlich ihren Rock glatt. Liszt hatte dabei Gelegenheit, sie näher zu betrachten.

Sie muss einmal eine Schönheit gewesen sein, dachte er, während er es sich im Fauteuil ihr gegenüber bequem machte. Er versagte aber beim Versuch, ihr Alter zu schätzen. Sie hatte auffallend helle Augen, die, zusammen mit der dunklen Hautfarbe, ihrem Aussehen etwas Südländisches, Fremdartiges gaben. Ihr Haar dürfte früher gelockt gewesen sein. Nun aber war es ein wenig struppig und von angegrauter Farbe, jedoch sorgfältig gekämmt. Ihre Kleidung bestand aus einem bunt schillernden Rock und einer gelben, verwaschenen Bluse. Ihre Füße steckten in ausgetretenen Schuhen. Sie trug eine schwarze Handtasche bei sich, die sie auf ihrem Schoß hielt und auch nicht aus der Hand geben wollte, als Liszt sie dazu aufforderte.

„Nehmen Sie Tee, Madame?", fragte er nach einer Weile.

„Gerne!"

„Mit etwas Süßgebäck dazu?"

„Ebenfalls gerne, Monsieur!"

„Fein. Ich nehme solches immer um diese Tageszeit. Ich freue mich, dies heute in Ihrer Gesellschaft zu tun."

Sie wurde verlegen. „Nicht solche Worte, Monsieur!", sagte sie und hob abwehrend eine Hand. „Sie beschämen mich. Dass ich, die Lilith, überhaupt zu Ihnen vorgelassen wurde, gleicht einem Wunder. Sie wissen bestimmt, weshalb ich hier bin?"

„Ich vermute es. Doch – sprechen Sie!"

„Ich will, nein, ich muss mich auf das Aufrichtigste bedanken, mein junger Herr. Sie sind in einer äußerst ernsten Situation als letzte Rettung gekommen, denn die drei Fleischhauer hatten schon begonnen, mich zu schlagen. Sie haben viel Mut bewiesen, sich vor mich zu stellen. Sie haben

ja gehört, dass die Leute der Meinung sind, Sie wären von mir schon verhext worden."

„Ich nehme Ihren Dank mit großer Freude entgegen, obzwar man sich für Selbstverständliches keinen solchen erwarten sollte. Ist es doch in meinem Heimatland Kavalierspflicht, einer in Not geratenen Dame, gleichgültig welchen Standes oder Ansehens, zu Hilfe zu eilen."

„Monsieur ist demnach tatsächlich kein Franzose?" Madame Babèrre hob überrascht die Augenbrauen. „Ich dachte nämlich, die alte Mutter Delaunay hätte das nur so daher geredet, als sie Monsieur aufgefordert hat, sich nicht einzumischen. Woher stammen Sie?"

„Ich bin im fernen Ungarn zur Welt gekommen, ich spreche aber diese Sprache nicht." Er stellte seine Teetasse vorsichtig ab und wischte sich gedankenverloren über die Stirn. „Doch lassen Sie mich wissen, woher Sie kommen und vor allem, warum nennt Sie alle Welt ‚Lilith'?"

Madame Babèrre blickte zu Boden.

„Meine Wiege stand irgendwo im Süden dieses Landes. Ich weiß es nicht mehr genau, weil es doch egal ist. Irgendwann bin ich in diese Stadt gekommen, und alle nennen mich nur Lilith. Das ist zwar eine böse Bezeichnung, ein Spottname, doch ich habe mich an ihn gewöhnt. So nennt man nämlich eine schöne, aber abgrundtief böse Frau, welche darauf aus ist, alle Männer zu verführen, sie an sich zu ketten, mit ihnen dem Laster und der Sünde zu frönen, damit sie die Verführten dem ihr verbundenen Satan übergeben kann. Schrecklich, nicht?"

Ehe Liszt darauf antworten konnte, hatte sich die Türe geöffnet. Hugo erschien mit einem Tablett und servierte Tee und Kuchen, wobei er es verstand, den größtmöglichen Abstand zwischen sich und Madame Babèrre zu halten.

„Haben Sie noch einen Wunsch?", fragte er mit einer Verbeugung.

Liszt schüttelte den Kopf. „Nein. Er kann gehen. Wir läuten, wenn wir fertig sind."

Geraume Zeit waren beide mit dem Tee beschäftigt. Nur der melodische Stundenschlag einer Standuhr durchbrach die Stille im Raum. Liszt lehnte sich behaglich zurück. „Wir sprachen vorhin von der Bezeichnung ‚Lilith', Madame. Haben Sie denn Anlass gegeben, dass man Sie mit diesem Namen belegt?"

Madame Babèrre zeigte ein feines Lächeln, welches ihr von ein paar Falten gezeichnetes Gesicht jünger aussehen ließ. „Früher, ja früher, als ich jung und auf das Leben begierig war – es war anfangs nicht meine Schuld, dass mir alle Männer nachgelaufen sind. Ich war allein, meine Mutter starb früh und meinen Vater habe ich nie gesehen. Alle wollten mich haben – zumindest für kurze Zeit. Hinter einem Busch, in einem Stall oder sonst wo. Und ich, Monsieur? Ich genoss es bald, begehrt zu werden. Als ich neben dem Schmerz auch die Süße dieses Begehrt-Werdens kennen lernte, drehte ich den Spieß gewissermaßen um. Jetzt wollte ich die Männer haben. Alle. Es bedurfte nur eines gewissen Blickes oder eines Winkes mit dem kleinen Finger. Alle sind gekommen. Doch ich wollte niemandem gehören. Nur mir selber. Das wiederum wollten die Männer nicht verstehen. Es gab Streit, Prügeleien und Messerstiche zwischen ihnen."

Sie verstummte und senkte den Blick.

„Der Wut der Weiber wäre ich bestimmt rasch zum Opfer gefallen," setzte sie fort, „hätte ich mich nicht rechtzeitig gegen sie gewappnet."

„Wie ist Ihnen das gelungen?", fragte er interessiert.

Sie lehnte sich langsam zurück.

„Ich lernte eines Tages einen Wahrsager kennen – einen Schüler der berühmten Anne Lenormand –, der mich in die Kunst des Hand- und Kartenlesens einweihte. Zusammen mit meinem Wissen über einige heilsame Kräuter und Pilze, versetzte mich diese Fähigkeit in die Lage, den erbosten Frauen allerlei Dienste zu erweisen. Ihnen ihr Leben, Ihre Zukunft zu deuten oder ihnen besondere Säfte für dies oder gegen jenes zu mischen."

Liszt beugte sich interessiert vor. „Weshalb man, wie ich höre, von Ihnen auch als Hexe spricht, Madame!"

Sie schlug die Augen nieder und blieb eine Weile in Gedanken versunken. „Ich habe viel gelernt in meinem Leben", antwortete sie, ohne aufzublicken. „Ich komme den Wünschen der Leute nach. Denn alle – sicherlich auch Sie, Monsieur – wollen doch wissen, was die Zukunft bereit hält, wie sie dem Glück nachhelfen und Ungemach abwenden können. Also mache ich es. Ich lese in den Karten, ich blicke auf ihre Handlinien, und ich bin in der Lage – wie ich vorhin sagte – helfende, heilende und dann und wann auch weniger heilsame Kräuteressenzen zu mischen."

„Sie verstehen sich demnach auch auf die Zubereitung von – Giften?"

Sie nickte und blickte nach wie vor zu Boden. „Sicher, Monsieur. Wenn junge Frauen zu mir kommen, weil sie ein Kind in sich tragen, das sie nicht wollen, das ihr Leben vernichten kann, das sie aus Haus, Hof und Familie vertreiben wird – sie bezahlen mich gut, damit das Kind im Mutterleib nicht mehr weiter gedeiht."

Liszt wurde etwas verlegen. Nicht alles war ihm klar, wovon sein Gast sprach. „Hm, Hm", brummte er nur vor sich hin.

„Ich verstehe durchaus, weshalb Sie mich danach fragen. Ich habe die eindringlichen Worte von Jean de Gaillard deutlich vernommen, weil ich mich hinter der Ecke verborgen hatte. Madame de Gaillard hingegen hat kein einziges Wort gesagt. Das war nicht verwunderlich, denn sie ist schon seit Langem eine Ratsuchende bei mir. Heimlich und verkleidet kommt sie in mein Haus und holt Rat ein, weil die Manneskraft ihres Gatten zu erlahmen droht."

„Tatsächlich?"

„So ist es. Auch der Kutscher hat auf Monsieur noch vehement eingeredet und vermutlich von seiner Schwester berichtet, die angeblich nur durch meine alleinige Schuld zu früh verstorben ist." Sie stieß einen tiefen Seufzer aus. „Die Arme war schon schwer krank, als sie geheiratet hat."

Liszt nickte wortlos.

„Heute bin ich Sündenbock für alles und jeden. Wenn Fleisch verdirbt, wenn das Obst fault, immer trägt nur mein böser Blick daran Schuld. Heute, am Markt, war es besonders schlimm, weil in

letzter Zeit viele Kinder gestorben sind. Sie dürfen unbesorgt sein, Monsieur. Ich verfüge nicht über den bösen Blick."

Liszt lächelte spöttisch. „Und selbst wenn, Madame! Ich bin daran gewöhnt, von einem einige hundert Menschen umfassenden Auditorium angestarrt zu werden. Ein einziges Augenpaar kann daher keinerlei Verwirrung bei mir hervorrufen."

Jetzt blickte sie auf. Ein feines Lächeln umspielte ihre Lippen. „Sie sind noch sehr jung, Monsieur. Das erklärt Ihre letzten Worte. Doch darf ich fragen: Sie heißen ‚Litz', und Sie sind Künstler, wenn ich Madame de Gaillard richtig verstanden habe?"

Liszt nahm erst ein Stück Kuchen, ehe er antwortete.

„So ist es, obzwar dieser Name nicht korrekt ist. Ich bin – wie ich vorhin schon sagte – in Ungarn geboren und mein richtiger Name ist Liszt. Im Französischen ein wenig schwierig auszusprechen. François Liszt. Vor drei Jahren, als ich erstmals in Paris Konzerte gab, schrieben die Journale begeistert – ich war dreizehn Jahre alt – von ‚Le petit Litz'. Dieser Name hat sich herumgesprochen. Wie Sie sehen – bis zum heutigen Tag."

„Monsieur ist tatsächlich Pianist", murmelte Madame Babèrre und nickte dabei verstehend. Dann wurde sie plötzlich ernst. „Ich wollte Ihnen nicht nur meinen Dank aussprechen, sondern mich auch dankbar zeigen. Allerdings besitze ich keine Reichtümer, ich kann keine geschliffenen Gläser oder kostbaren Kassetten als Geschenk bringen, jedoch möchte ich Ihnen sehr wohl gefällig sein

und Ihnen, wenn Sie es wollen, einen Blick in die Zukunft ermöglichen."

Sie streckte die Hand aus. „Ist es mir gestattet, die wunderbaren Hände von Monsieur zu betrachten? Sie haben mich vormittags schon fasziniert, als sie mir hilfreich entgegengestreckt wurden."

Liszts Augen verengten sich ein wenig. „Sie sehen allerdings in mir jemanden, der leider nicht an solche Jahrmarktkünste glaubt. Die Zukunft liegt allein in Gottes Ratschluss und ist für niemanden sichtbar."

Sie ließ ihre Hand ausgestreckt. „Und dennoch ist vieles auf die Handflächen geschrieben. Linien, Handberge und Fingerformen lassen Rückschlüsse auf das Wesen des Menschen zu."

Liszt öffnete seine Hände und betrachtete sie interessiert. „Dieses verwirrende Kreuz und Quer?", fragte er und schüttelte den Kopf. „Nein, Madame, damit mögen Sie andere Menschen beeindrucken. Mich interessiert das nicht."

Madame Babèrre zog ihre Hand zurück. „Ganz wie Sie wünschen. Doch schon die Lebenslinie Ihrer rechten Hand ist so außergewöhnlich deutlich, wie ich sie zuvor noch bei keinem anderen Menschen gesehen habe. Wie überhaupt Ihre Hände, Monsieur, von ungewöhnlicher Größe und Ebenmäßigkeit sind."

„Das macht das Klavierspiel, Madame. Ich trainiere meine Finger seit frühester Kindheit mehrere Stunden täglich."

„Ist es zutreffend, dass Ihr Vater kürzlich gestorben ist?"

Liszt senkte den Kopf. „Ganz recht, Madame. Er starb an einem heimtückischen Leiden."

„Mein Bedauern ist aufrichtig. Wie schlimm, wo Sie doch noch so jung an Jahren sind. Wer begleitet Ihr tägliches Leben nun?"

Liszt breitete die Hände aus. „Meine Freunde, bei denen ich Quartier nehmen durfte und mein treuer Diener Hugo. Außerdem werde ich demnächst nach Paris abreisen, denn meine Frau Mama wird sich in den nächsten Jahren um mich zu kümmern haben. Als Künstler brauche ich die absolute Freiheit von Alltäglichkeiten. Nichts ist der Konzentration und der täglichen Arbeit am Instrument abträglicher, als sorgenvolle Gedanken, mit wem zu sprechen ist, um eingeladen zu werden, um Gelegenheit zu Konzerten zu bekommen, was zu spielen sein wird und mit welchen der hohen Herrschaften man über dieses sehr wohl, über jenes jedoch besser nicht reden sollte."

Aus seinen letzten Worten sprachen Sorge und Unruhe. Er vermied es, sie anzusehen und blickte abweisend aus dem Fenster.

Madame Babèrre beugte sich vor. Ihre Stimme klang eindringlich. „Ich höre Besorgnis aus Ihren Worten, Monsieur. Kann es sein, dass Sie aus Bangigkeit den Blick in die Zukunft meiden?"

Liszt machte eine wegwerfende Handbewegung. „Davon kann keine Rede sein. Wohl aber will ich auf einen Blick in die Zukunft – den Sie mir geben zu können vermeinen – aus einem anderen Grund gerne verzichten."

„Ein anderer Grund?" Die Babèrre war sichtlich erstaunt. „Darf ich ihn erfahren, Monsieur?"

„Natürlich!" Liszt erhob sich und ging ein paar Schritte wortlos auf und ab. Als er wieder neben seinem Fauteuil angelangt war, legte er die Hand

auf die Rückenlehne. „Es wurde mir berichtet, dass Sie für Ihre Dienste stets eine Gegenleistung in Form eines Verzichtes verlangen. Verzicht auf ein langes Leben oder dergleichen. Und ich, Madame, ich bin absolut nicht bereit, auf etwas zu verzichten. Dies ist der Grund. Und dabei bleibe ich."

Ihr Gesicht zeigte schmerzliches Verstehen. Sie nickte mehrmals wortlos. „Das ist es also!", flüsterte sie. „Sie nehmen demnach die Erzählung des Kutschers doch für bare Münze."

„Ob bare Münze oder nicht, Madame, ich will auf nichts verzichten. Ich bin zu jung für einen unbedachten Verzicht!" Damit nahm er wieder Platz.

„Das müssen Sie nicht, Monsieur!" Sie blickte ihn offen an. „Ich habe Ihnen vorhin einen Blick in die Zukunft, für den ich, nach der Betrachtung Ihrer wunderbaren Hände, auch meine Karten mitgebracht habe", sie deutete auf die Handtasche auf ihrem Schoß, „als Dank angeboten. Und Dank verlangt nach keiner Gegenleistung."

„Ach so! Da sieht die Sache schon anders aus." Liszt wurde unsicher. „Es ist nämlich tatsächlich so, dass ich mir in meiner momentanen Situation, ohne die vertraute väterliche Fürsorge, ein wenig Sorgen mache. Sorgen darüber, wie mein Leben nun weitergehen wird, welchen Verlauf meine künstlerische Laufbahn nehmen wird."

Madame Babèrre streckte erneut ihre Hand aus, die sich nun langsam der Hand Liszts näherte, die auf seinem Knie lag. „Vertrauen Sie mir, Monsieur, und vertrauen Sie auch die Kraft zu haben, in die Zukunft zu blicken, Unbekanntes, vielleicht

Unerwartetes gesagt zu bekommen. Habe ich Ihre Zustimmung?"

Liszt starrte auf seine Hände. Dann hob er den Kopf. Ein Lächeln umspielte seine Lippen, als er seine Handflächen nach oben kehrte. „Sie haben meine Zustimmung, Madame. Ich bin wirklich gespannt, was Sie auf meiner Hand erkennen können."

VI

Am nächsten Tag ließen wir uns mit dem Aufstehen Zeit, denn wir waren abends länger aufgeblieben und hatten uns einen Film im deutschen Fernsehen angesehen, der bis nach Mitternacht gedauert hatte.

Wir waren noch mit dem Frühstück beschäftigt, als unsere freundliche Hausfrau erschien, uns einen guten Morgen wünschte und sich sogleich an mich wandte. „Es ist für Sie telefoniert worden. Vom Museum. Herr Direktor Holub lässt Ihnen ausrichten, dass er Sie erwartet."

Das war natürlich eine erfreuliche Nachricht. Wir fuhren auch gleich nach dem Frühstück zum Museum und eilten erwartungsvoll in den ersten Stock.

Herr Direktor Holub war nicht wiederzuerkennen. War er gestern eher abweisend, fast muffig gewesen, empfing er uns schon am Gang und komplimentierte uns in sein Zimmer, wobei er natürlich nicht vergaß, meiner Frau wieder galant die Hand zu küssen. Mir schüttelte er herzlich die Hand und gab schon während der Prozedur des Niedersetzens seiner Freude Ausdruck, dass sich viele Probleme von selber gelöst hätten, und er hätte doch so gute Neuigkeiten für mich. Als Frau Kirilová mit Kaffee erschien und zusätzlich noch ein

Tablett mit Tortenschnitten auftischte, war die Stimmung beinahe als gehoben zu bezeichnen.

Ich wollte die Gunst der Stunde natürlich nutzen und zog meine Mappe hervor. „Nun, lieber Herr Direktor Holub! Was hören wir denn von Ihnen?"

Holub lehnte sich zurück.

„Gute Sachen, Herr Stradal, nur gute Sachen! Also: Ich habe gestern noch alles in die Wege geleitet, um Dr. Svátanek zu erreichen. Es ist mir gelungen, seine Bedenken zu zerstreuen, und ich konnte ihn überreden, seine Einwilligung zu geben. Er war zwar etwas überrascht, dass sie schon *jetzt* gekommen sind – aber für einen Förderer des Museums wird selbstverständlich eine Ausnahme gemacht."

„Ich bedanke mich sehr herzlich dafür. Es war daher unsere Reise hierher nicht vergebens."

„Natürlich nicht! Wir wollen doch einen Nachkommen unseres berühmten August Stradal nicht vergrämen."

„Das heißt also, wir können gleich anfangen, uns umzusehen und mit unseren Nachforschungen beginnen?!"

„Sicher, sicher, wobei, das muss ich hinzufügen, Sie uns eine Gefälligkeit erweisen müssen ..."

„Ich verstehe", sagte ich betont sachlich. „Über eine finanzielle Zuwendung können wir natürlich sprechen."

Holub winkte ab. „Das habe ich nicht gemeint, wenngleich wir darüber *auch* reden könnten. Aber es ist an etwas anderes gedacht."

„An was also?"

„Eine Kleinigkeit nur. Sehen Sie, mein Museum ist nur sehr klein und unbedeutend und hat nicht viele - wie sagt man heute so treffend? - Ressourcen. Das Stradalzimmer ist im Großen und Ganzen fertig, aber es existieren doch noch Kisten von Frau Hildegard, die wir museumstechnisch noch nicht bearbeitet haben. Wenn Sie daher in den Sachen Ihrer Anverwandten forschen wollen –, bitte gerne. Dann könnten Sie aber doch gleichzeitig so freundlich sein, bei dieser Gelegenheit auch die noch nicht katalogisierten Kisten zu erfassen. Jiři Tříbil wird Ihnen dabei behilflich sein. Das ist ohnehin schon überfällig, aber, wie schon gesagt, es hat bisher das Personal und das Geld dazu gefehlt."

Ich erfasste die Sachlage sofort. Wir ‚dürfen', aber gleichzeitig ‚müssen' wir etwas.

„Das bedeutet demnach - wir arbeiten für Sie Dinge auf, die bis jetzt liegen geblieben sind?"

„Wenn Sie so wollen, ja. Aber Sie dürfen das nicht falsch verstehen. Es ist doch damit uns beiden gedient, nicht? Sie können alles ansehen und eifrig suchen, und wir haben den Inhalt der Kisten erfasst und katalogisiert. Das ist doch fair, oder?"

Ich nickte. Offenbar war nun von einer Gefährlichkeit, die infolge von Renovierungsarbeiten für Besucher besteht, keine Rede mehr. Ehe ich noch nachfragen konnte, ob diese mehr oder weniger Mitarbeit gewissermaßen eine ‚Conditio sine qua non' darstelle, meldete sich meine Frau zu Wort.

„Das werden wir gerne machen, Herr Direktor. Doch um welchen Arbeitsumfang geht es denn?"

Holub zeigte sein strahlendstes Lächeln. „Es sind nur mehr drei Kisten vorhanden, doch ich glaube, Sie werden nur an einer einzigen interessiert sein, in der die Briefe, Tagebücher und noch andere Unterlagen enthalten sind."

„Aha, wir müssen also nicht alle drei Kisten bearbeiten. Das ist gut, denn wir haben nicht so viel Zeit. Zwei oder drei Tage, dann müssen wir wieder abreisen."

„Das liegt natürlich ganz bei Ihnen, liebe Frau Stradalová!"

„Was müssen wir denn da machen?", fragte ich, der ich die Befürchtung hegte, in irgendetwas so eingespannt zu werden, dass für meine eigentlichen Absichten keine Zeit mehr bleiben würde.

„Jiři wird Sie instruieren und stets in Ihrer Nähe sein. Sie wissen ja, dass er ein großer Bewunderer Ihrer Familie ist."

„Gut", sagte ich entschlossen. „Dann verlieren wir keine Zeit und fangen gleich an.

Nachmittags können wir dann mithilfe von Herrn Třibil mit den Kisten beginnen."

„Moment, Moment, bitte! Ich werde Jiři sofort verständigen, damit Sie möglichst bald beginnen können."

Ich stutze. Also doch! Wir bekamen eine Art Aufsicht verpasst. Der Mann traute uns einfach nicht. Überhaupt nicht. Warum nur? Hatte das vielleicht mit den ‚neueren Umständen' zu tun???

„Dürfen wir demnach nur dann unseren Interessen nachgehen, wenn gleichzeitig diese Kisten, wie Sie sagten, aufgearbeitet werden? Wenn also Herr Třibil anwesend ist?"

„So ist es. Ganz richtig. Aber das ist doch kein Problem. Außerdem gibt es die Anweisung von Dr. Svátanek, dass jemand vom Museum dabei sein muss."

„Und warum das?", fragte ich vorsichtig.

„Warum wollen Sie alleine sein, Herr Stradal? Frau Stradalová?" Holubs Tonfall wurde eine Nuance schärfer. „Suchen Sie vielleicht nach etwas, von dem das Museum nichts wissen sollte?"

Meine Frau drückte ihren Fuß unter dem Tisch auf den meinen. Ich zügelte daher den aufkommenden Unmut: „Was sollten wir denn suchen wollen? Ich will einfach nur schauen, lesen und stöbern. Das eine oder andere aus dem Nachlass für meine Familienchronik kopieren. Wenn es erlaubt ist. Selbstverständlich gegen Bezahlung. Rein privat, wie ich immer wieder betone."

„Eben dieses ‚eine' oder ‚andere' wollen wir auch wissen, Herr Stradal. Deshalb wird Ihnen Jiři gerne behilflich sein. Er ist – wie ich vorhin gesagt habe – ein großer Bewunderer Ihrer Familie. Und er weiß sehr viel über August und Hildegard Stradal. Seine Großmutter war nämlich als junges Mädchen im Dienst bei Frau Hildegard."

In diesem Moment öffnete sich die Tür und Jiři Tříbil betrat den Raum.

„Das trifft sich gut", rief Holub. „Du kommst gerade im richtigen Augenblick. Herr Stradal erwartet dein Kommen schon ungeduldig, damit du ihm bei der Suche im Stradalraum und bei den Kisten zur Hand gehen kannst."

Zu meiner Überraschung nickte Tříbil nur wortlos. Offenbar war er bereits in die Vorgangsweise eingeweiht worden. Ob die vorhin erwähnte Anweisung des Dr. Svátanek eine generelle war oder ob er sie speziell für unseren Besuch ausgesprochen hatte? Wie auch immer. Doch dass man der unabänderlichen Überzeugung war, meine Frau und ich wollten nach etwas ganz Bestimmtem suchen, dessen war ich mir absolut sicher.

Holub erhob sich. Das unmissverständliche Signal, dass die Unterredung beendet war.

„Nun, Herr Stradal", sagte er und klopfte mir wohlwollend auf die Schulter, „wünsche ich Ihnen viel Erfolg und Freude im Zimmer Ihres Großonkels. Bitte befolgen Sie den Rat von Jiři, wenn Sie etwas aus den Kisten entnehmen. Er hat die notwendigen Formulare hierfür und wird Ihnen und Ihrer lieben Frau behilflich sein. Also dann: Viel Glück bei der Suche! Hoffentlich tragen Sie damit zum Ruhm unseres bescheidenen Museums bei!"

Ehe ich auf diese seltsame Rede des Herrn Direktors etwas antworten konnte, wurden wir sanft aus dem Büro geschoben, und wenig später standen wir in jenem Raum, der dem Andenken meines Großonkels gewidmet ist.

Der erste Eindruck war eher düster, denn vor den beiden Fenstern hingen gemäß dem gutbürgerlichen Stil der Zwischenkriegsjahre kunstvolle Stores, umrahmt von schweren grünen Samtvorhängen. Die durchwegs dunklen Möbel, die aus dem Wohnhaus August und Hildegard Stradal stammten, trugen nicht zur Aufhellung des Raumes bei. Ein mächtiger Tisch mit Sesseln beherrschte die Zimmermitte, auf einem Klavier lagen verschiedene Noten, und in den Vitrinen und einem großen Glasschrank war jede Art von notwendigem und persönlichem Hausrat ausgestellt. In zwei Zimmerecken standen prächtige Büsten, eine von Beethoven und eine von Liszt. Die Stirnseite des Raums war von einem großen Portrait meines Großonkels beherrscht, welches ihn von der Seite zeigte und welches mir, in kleinerer Ausführung, aus den Tagen meiner Klavierstunden bei Großtante Dory in Erinnerung war. Einige alte Fotografien zeigten das Ehepaar vor dem Haus, im Garten, und im Kreise mir unbekannter Menschen. Ein Teil des Zimmers war seiner Frau gewidmet. Hildegard war ja einst eine geachtete Sängerin und später, nach dem Tod von August, die Verwalterin seines künstlerischen Nachlasses und Schriftstellerin.

Während meine Frau und ich neugierig herumschlenderten und alles intensiv in Augenschein nahmen, hatte Herr Tříbil drei mittelgroße Holzkisten aus einem Nebenraum herbeigeschafft und neben dem Tisch abgestellt.

„Das ist der Rest jener Dinge, die uns nach dem Tod von Hildegard Stradal aus Halle geschickt wurden", erläuterte er und deutete auf die Vorhangschlösser. „Alles noch mehr oder weniger original verpackt."

Wir traten näher.

„Das ist noch nie ausgepackt worden?", fragte meine Frau verwundert.

„Doch, doch!", versicherte Tříbil. „Gleich nach der Anlieferung. Aber damals war das Gebäude noch ziemlich desolat. Es gab nirgends Platz, wohin man die Sachen bringen konnte. Von einem Stradalzimmer war noch keine Rede, also haben die Leute nur überprüft, was drinnen ist und alles wieder verschlossen. In einer Kiste befinden sich hauptsächlich Kleider, in der anderen Hausrat und viele Bücher. In der dritten Kiste sind Noten, Briefe und Fotografien."

Meine Frau war überrascht. „Seit wann lagern sie denn schon bei Ihnen?"

„Das weiß ich leider nicht. Sicher sehr lange, auf jeden Fall. Die Textilien sind seinerzeit aber fachgerecht versorgt worden. Gereinigt, mit Mottenschutz versehen und ordentlich verpackt, um Schaden zu vermeiden. Für nächstes Jahr haben wir schon ein neues Projekt. Dann werden diese Kleider Verwendung finden."

„Was wird damit geschehen?", wollte meine Frau wissen.

„Wir werden im Untergeschoß, wo momentan renoviert wird, das alltägliche Leben der Menschen unserer Umgebung von damals zeigen." Er nahm bei Tisch Platz und machte es sich bequem. „Aber Sie werden sicherlich keine Zeit verlieren wollen, Frau Stradalová. Die dritte Kiste wird wohl die für Sie Interessanteste sein."

„Im Moment noch nicht", mischte ich mich ein. „Zunächst möchte ich mich einmal hier nur umsehen. Ich sehe jetzt schon einiges, was meine Aufmerksamkeit erregt." Ich ging zu einem der Büchergestelle. „Ich darf doch in die Bücher hineinschauen, oder?"

Třibil winkte zustimmend. „Natürlich, Herr Stradal. Und wenn Sie etwas aus den Schränken oder Vitrinen nehmen wollen, bitte einfach sagen. Ich habe die Schlüssel dafür."

„Danke, Herr Třibil." Ich hatte bereits ein Buch zur Hand genommen und begann darin zu blättern.

Meine Frau setzte sich neben die Kisten. „Und ich werde darangehen, den Inhalt der dritten Kiste in Augenschein zu nehmen."

Třibil nickte. „Gerne, Frau Stradalová", sagte er und zog einen Stapel Formulare zu sich, den er zuvor schon auf den Tisch gelegt hatte.

„Kommen Sie bitte zunächst her, an meine Seite. Ich zeige Ihnen die Erfassungslisten, in die ich alles eintragen muss, was Sie aus der Kiste entnommen haben. Sie müssen die Sachen auch kennzeichnen. Hier haben Sie einen Stift und den kleinen Museumsstempel."

Ich stellte das Buch zurück und trat näher.

„Also", fuhr Třibil fort. „Diese Liste betrifft den Inhalt von Kiste drei. Die Zeilen sind vornummeriert. Wenn Sie jetzt etwas entnehmen, einen Brief zum Beispiel, dann schreiben Sie die Nummer, die ich ansage, vorsichtig darauf und setzen den Stempel daneben. Ganz einfach. Gemeinsam schauen wir uns dann an, worum es sich handelt, damit eine genauere Beschreibung in das Formular eingetragen werden kann. Ich mache das natürlich in Tschechisch. Wichtig ist nur, dass wir noch vermerken, was damit geschehen ist. Kommt es in eine Vitrine, in einen Schrank oder sonst wohin im Zimmer, kommt es in die Kiste zurück, damit es ins Archiv gebracht werden kann. Natürlich ist es etwas anderes, wenn –"

Seine Erläuterungen gingen vom Hundertsten ins Tausendste, was mich weniger interessierte. Meine Frau hingegen verfolgte seine Ausführungen sehr aufmerksam, sehr zur Freude von Herrn Tříbil, der ihr auch von anderen Sachen erzählte und ihr damit einen interessanten Blick hinter die Kulissen eines Museumsbetriebes mit dessen akribischen Genauigkeiten bei der Verwaltung von Museumsbesitz ermöglichte.

Während ich selbstvergessen in verschiedenen Büchern schmökerte und anschließend die ausgestellten Bilder und Fotos studierte, hatte meine Frau ihre Lehrstunde bei Herrn Tříbil abgeschlossen und schickte sich an, mit dem Auspacken zu beginnen.

„Hier ist der Schlüssel", sagte Tříbil und reichte ihn über den Tisch. Doch nach wenigen Augenblicken schob sie ihn wieder zurück. „Danke, nicht nötig. Das Schloss ist offen."

„Offen?" Tříbil riss erstaunt die Augen auf. „Das gibt 's nicht!"

„Doch! Das Vorhängeschloss ist nicht versperrt!" Sie hielt es in die Höhe.

Tříbil nahm es in die Hand und probierte mehrmals mit dem Schlüssel zuzusperren. Aber alle Mühe half nichts. Das Schloss war offenbar defekt. Jedenfalls ließ es sich nicht mehr versperren.

Er legte es wortlos auf den Tisch und nickte gedankenverloren vor sich hin.

„Es ist aufgebrochen worden. Ganz ohne Zweifel. Frau Stradalová, wie war das vorhin? Befand sich die Verschlusslasche vor dem Schloss oder dahinter?"

„Dahinter. Das Schloss hing vorne an der Öffnung, und ich dachte erst, es ist versperrt. Doch dann habe ich bemerkt, dass das Schloss nicht eingeschnappt war."

Tříbil nickte wieder. Dann stand er auf und prüfte den Verschluss der anderen beiden Kisten. Beide Schlösser waren versperrt. Tříbil nahm seinen Schlüsselbund und probierte die Schlösser aus.

„Die anderen beiden sind in Ordnung. Sie sind auch versperrt. Nur diese eine Kiste wurde aufgebrochen. Mir ahnt etwas!", murmelte er. „Die zwei Franzosen. Also doch!"

Ich war neugierig geworden und trat hinzu. „Was meinen Sie denn damit?"

„Das erzähle ich Ihnen gleich. Zuerst muss ich mir den Inhalt genauer ansehen."

Er schob die Kiste in die Mitte des Raumes, öffnete den Deckel und beugte sich darüber.

Sie war bis an den Rand mit Schachteln und dicken Umschlägen gefüllt. Tříbil hatte plötzlich eine Stablampe in der Hand und ließ den Schein über die oberste Lage gleiten.

„Wenn hier jemand etwas gesucht hat," murmelte er, „dann müssten auf der dünnen Staubschicht Abdrücke zu erkennen sein."

„Aber da ist doch keine Staubschicht drauf", meinte meine Frau.

„Woher auch!", warf ich ein. „Das sind ja staubdichte Kisten."

Tříbil blickte kurz zu uns auf. „Glauben Sie einem alten Museumsfuchs. Staub ist überall. Man muss ihn nur sichtbar machen. Da!" Er deutete auf eine Schachtel im rechten Eck. „Die wurde herausgenommen. Ganz klar! Und diese hier auch."

„Sind Sie sicher?", fragte ich.

„Ganz sicher! Und ich kann mir schon vorstellen, wer das war!"

Er nahm vorsichtig ein paar Umschläge aus der Kiste, betrachtete sie genau und legte sie anschließend wieder behutsam so zurück, wie er sie entnommen hatte.

„Diese Kiste ist aufgebrochen worden. Man hat Stück für Stück herausgenommen, und dann wieder an den ursprünglichen Platz zurückgelegt. Mit großer Sorgfalt!"

„Woran erkennen Sie denn das?"

„Es ist wirklich schwer, ein größeres Behältnis, welches mit unterschiedlichstem Inhalt, ordentlich geschlichtet, eingeräumt ist, auszuräumen und anschließend, nach vergeblicher Suche, exakt wieder so einzuräumen, dass alles so liegt, wie es war. Probieren Sie das einmal bei einem ganz normalen Koffer. Sie werden Ihr Wunder erleben."

Meine Frau nickte. „Da haben Sie völlig Recht. Das funktioniert wirklich nie! Ich kenne das!"

„Und was ist, wenn doch nicht nach etwas gesucht wurde? Könnte doch auch sein, oder? Woher wollen Sie wissen, dass es so war, wie Sie eben gesagt haben?"

Tříbil war mit seiner Arbeit fertig. Er richtete sich langsam auf. „Das Schloss ist aufgebrochen worden. Das steht fest. Auf den

Umschlägen lassen sich Abdrücke erkennen. Also hat sie jemand in die Hand genommen. Es deutet alles darauf hin, dass etwas gesucht wurde. Und zwar etwas Größeres. Die Umschläge sind nämlich verschlossen und beschriftet. Sie wurden nicht geöffnet. Ich bin sicher, jemand hat in dieser Kiste etwas gesucht."

„Sie sprachen vorhin von zwei Franzosen. Was haben Sie denn da gemeint?"

Tříbil begann auf und ab zu gehen. „Da waren neulich, na ja, vor zirka drei Wochen, zwei Franzosen da und haben mit Holub gesprochen. Sie wollten unbedingt in den Stradalraum, weil, wie sie sagten, sie gerne unter den Sachen des Schülers von Franz Liszt nach Dingen Ausschau halten wollten, die sich für eine große Lisztausstellung in Paris eignen könnten. Sie sagten, sie gehören zu einer ‚Societé François Liszt' mit Sitz im französischen Boulogne-sur-Mer, welche anlässlich des 200. Geburtstages diese Ausstellung vorbereite. Falls etwas Interessantes zu finden wäre, würde man mit uns eine Entlehnungsvereinbarung abschließen. Aber der Direktor wollte an diese Gesellschaft nicht so recht glauben, die auf den Visitenkarten aufgedruckt war. So verweigerte er zunächst den Zutritt mit dem Hinweis auf die Renovierungsarbeiten und vertröstete sie auf den nächsten Tag. Aber die zwei waren ungeduldig. Sie sagten, sie wären in Eile und wollten unbedingt noch am gleichen Tag den Raum besichtigen. František ist aber hart geblieben. Daher ist daraus nichts geworden und die beiden zogen ab, hinterließen aber keine Adresse."

„Haben Sie mit dieser Gesellschaft Kontakt aufgenommen?", fragte ich.

Třibil lachte. „Das haben wir natürlich versucht. Aber leider! Wir haben weder in einem französischen Adressbuch noch im Internet etwas gefunden. Auf der Visitenkarte stand auch keine Telefonnummer."

„Also, das ist schon merkwürdig", meinte meine Frau.

„Mehr als das", ergänzte Třibil und spielte mit seinem Bleistift. „Vor allem deshalb, weil zwei Tage später im Museum eingebrochen wurde."

„Das ist uns auch erzählt worden. Über das Gerüst ins Damen-WC", sagte ich.

Třibil nickte. „Sehr wahrscheinlich war es so. Denn dort ist das Glas herausgeschnitten worden."

Er stand auf. „Ich muss jetzt František unbedingt von der aufgebrochenen Kiste informieren. Ich bin gleich wieder zurück. Frau Stradalová, bitte gedulden Sie sich so lange mit der Kiste. Machen Sie nichts alleine. Ich muss dabei sein."

Als er weg war, konnte ich mich nicht mehr beherrschen. „Also, das ist doch alles mehr als verwirrend. Der Holub hat uns vorhin sogar viel Glück bei unserer angeblichen Suche gewünscht! Und nun erzählt er uns, dass hier tatsächlich eingebrochen wurde, um offenbar etwas ganz Besonderes zu suchen. Was hat das alles zu bedeuten?"

Meine Frau zuckte nur mit den Schultern. „Keine Ahnung. Am besten, wir fragen Herrn Tříbil, ob er eine Vorstellung hat, wonach jemand im Stradalraum suchen könnte."

„Er wird uns das nicht auf die Nase binden!"

Schon bald erschien Tříbil wieder. Er war in Begleitung von Direktor Holub. Sie untersuchten das defekte Vorhangschloss abermals eingehend, und Tříbil erläuterte, dass er überzeugt wäre, nur die beiden Franzosen könnten es gewesen sein, die hier eingedrungen wären und die Kiste aufgebrochen hätten.

Holub schüttelte nach einigem Nachdenken den Kopf.

„Nein, Jiři, das glaube ich nicht! Das ist unmöglich."

„Wieso unmöglich, Frantisek? Wer soll es denn sonst gewesen sein?"

„Na, jemand, der geglaubt hat, unsere Kasse ist prall voll."

„Woher sollte die denn gefüllt sein, frag ich dich? Alle Welt weiß doch, dass wir so gut wie kein Geld haben."

„Es wird jemand angenommen haben, die beiden Franzosen haben uns Geld gebracht. Oder so ähnlich. Aber es ist auch aus einem anderen Grunde höchst unwahrscheinlich!"

„Nämlich?"

„Denke einmal nach, Jiři! Vorgestern erst hat uns Svátanek in Kenntnis gesetzt von –, na du weißt schon wovon."

Třibil griff sich an die Stirn. „Jesus! Da hast du Recht. Demnach haben die Franzosen noch gar nicht wissen können, dass –" Er brach plötzlich ab und warf uns einen kurzen Blick zu. Dann redeten sie auf Tschechisch weiter und wir verstanden natürlich kein Wort mehr.

Als Holub wieder weg war, nahm Třibil seinen Platz bei den Listen ein.

„Je, nun, Frau Stradalová. Wohlan! Wenn Sie wollen, die Kiste wartet."

Mir gefiel das nicht. Kurz entschlossen setzte ich mich neben ihn. „Herr Třibil", begann ich vorsichtig. „Ich möchte Sie jetzt bitten, uns eine ehrliche Antwort zu geben."

„Ja, sicher, aber wie kommen Sie auf die Idee, ich würde Ihnen *nicht* ehrlich antworten?"

„So ist das nicht gemeint. Sondern so, dass ich überhaupt eine Antwort auf meine Frage bekommen will, was es denn hier so Besonderes gibt, wonach zwei Franzosen angeblich gesucht haben sollten."

Třibil maß mich mit einem eigenartigen Lächeln.

„Das selbe, das auch Sie – wahrscheinlich – suchen, Herr Stradal!", sagte er langsam. „Und nicht finden werden!", fügte er leise hinzu.

Erneut diese Anspielung. Aber ich schluckte den Ärger hinunter. „Und was, lieber Herr Tříbil, sollte das denn sein?"

Tříbil ging auf meine Frage nicht ein.

„Schauen Sie, Herr Stradal. Jetzt werde ich Ihnen das erklären, damit Sie sicherlich manches besser verstehen. Da waren also diese zwei Franzosen da, die im Stradalzimmer etwas Passendes für eine angebliche Ausstellung für Franz Liszt suchen wollten. Holub war, wie schon gesagt, skeptisch und hat Zeit für nähere Informationen gewinnen wollen. Daraufhin sind die beiden sofort verschwunden, und knapp danach ist im Museum eingebrochen worden. Kurze Zeit später kommen Sie beide plötzlich daher und wollen auch im Stradalzimmer Nachforschungen anstellen. Da ist es doch kein Wunder, wenn Holub jetzt erneut misstrauisch ist?"

„Dazu hat der Herr Direktor überhaupt keine Veranlassung", entgegnete ich. „Natürlich suchen wir in den Sachen von August nach Dingen, die für uns interessant sein können. Aber alles in Ehren und offiziell. Wenn ich zum Beispiel Notenmaterial finde mit einer handschriftlichen Widmung von Franz Liszt darauf, dann würde ich es schon gerne kopieren dürfen und zu meiner Familienchronik geben, nicht?"

„Oder einen Brief an den Herrn Großonkel", meinte Tříbil nebenhin.

„Sicher. Auch Briefe können das sein, wenn ich sie überhaupt lesen kann. Besonders wenn sie von Absendern kommen, zu denen man einen bestimmten Bezug hat."

„Oder wenn sie deshalb wertvoll geworden sind, weil die halbe Musikwelt nach ihnen sucht!"

Meine Frau blickte erstaunt auf. „Hier sollen Briefe sein, nach denen gesucht wird?"

Tříbil zuckte nur mit den Schultern. „Vielleicht ja, vielleicht nein. Wer kann das wissen! Aber vergessen Sie, was ich eben gesagt habe. Frau Stradalová, kommen Sie, gehen wir die Kiste wieder an. Vielleicht haben Sie Glück."

„Glück? Wobei denn?", fragte ich, wegen dieser neuerlichen Anspielung auf unsere angebliche Suche, leicht verärgert.

Tříbil setzte ein unschuldiges Lächeln auf. „Dass die Frau Gemahlin etwas ausgräbt, was Sie in Ihre Chronik geben können. Noten mit einer Widmung vom Franz Liszt, zum Beispiel, wie Sie eben gesagt haben! Was denn sonst?"

VII

Madame Babèrre ergriff vorsichtig Liszts linke Hand, zog sie behutsam näher und beugte sich darüber. Es herrschte plötzlich Schweigen im Raum, das allerdings nicht entspannt, sondern von einer flirrenden Erwartung erfüllt war.

Je mehr Zeit verstrich, desto stärker schien Madame Babèrre in innere Erregung zu verfallen. Ihr Kopf schwankte wie in Trance hin und her, und ihr Körper geriet zusehends in Bewegung. Mehrmals schon hatte sie Liszts Handflächen stärker nach oben gebogen, indem sie seine ausgestreckten Finger nach unten durchstreckte, wobei sie erstaunt war, welche außerordentliche Länge seine Finger hatten und vor allem, wie geradezu mühelos sich diese wesentlich weiter durchstrecken ließen, als bei anderen Leuten. Hie und da strich sie mit dem Zeigefinger an den Linien entlang, und tippte auf verschiedene Stellen seiner Handballen. Immerzu murmelte sie dabei unverständliche Worte.

Liszt verfolgte alles mit amüsiertem Lächeln, allerdings befiel ihn bald Unruhe, denn er rückte mehrmals auf seinem Sitz hin und her. Als Madame Babèrre wortlos nach seiner rechten Hand griff und diese in ähnlicher Weise zu untersuchen begann, schien seine Geduld ein Ende erreicht zu haben.

„Madame!", sagte er mit fester Stimme. „Ich möchte nicht als ungeduldig erscheinen, aber meine Zeit ist begrenzt."

Sie hielt kurz inne und blickte ihn an. Es dauerte eine Weile, bis sie zu sprechen anfing, wobei es den Anschein hatte, als kehrten ihre Gedanken von weit her in die Gegenwart zurück. „Bitte gedulden Sie sich noch ein wenig, Monsieur", sagte sie nur kurz. „Diese Arbeit ist anstrengend, und Ihre Hände sind – in jeder Hinsicht außerordentlich!"

Ihre Stimme war gänzlich verändert. Da war nichts mehr von ihrer Devotion der vorangegangenen Konversation zu merken. Jetzt sprach die Wahrsagerin. Sie hatte zwei geöffnete Handflächen vor sich, und sie schien vergessen zu haben, wem dieses Händepaar gehörte.

Unvermutet ließ sie Liszts Hände los und lehnte sich mit einem tiefen Seufzer in ihrem Sessel zurück.

„Nun?", fragte Liszt und strich über seine Handflächen. „Haben Sie Interessantes ersehen können?"

Erst jetzt bemerkte Liszt, dass in der Frau eine Veränderung vor sich gegangen war. Sie war aufgewühlt und atmete schwer.

„Madame!", rief er erschrocken. „Ist Ihnen nicht wohl? Benötigen Sie eine Erfrischung? Ich lasse sofort eine Karaffe mit frischem Wasser bringen."

Sie aber hob abwehrend die Hand und schüttelte den Kopf. „Nein, nein! Lassen Sie nur, nicht nötig! Aber ich muss erst meine Fassung wieder gewinnen und mich von dem erholen, was ich eben gesehen habe."

Liszt, der sich erhoben hatte, um dem Diener zu läuten, nahm wieder Platz.

„Wollen Sie mir Angst machen, Madame?", fragte er spöttisch.

Sie antwortete nicht gleich. Sie schien die Frage auch nicht gehört zu haben, denn sie hatte ihre Hände gefaltet, als wollte sie beten. Ihre Augen waren geschlossen, und ihr Gesicht zeigte ein unendlich glückliches Lächeln. „Die Hände eines genialen Künstlers!", sagte sie mehr zu sich selbst, wobei sie den Kopf sanft hin und her wiegte. „Und ich, Florence Babèrre, die verspottete Lilith, ich bin auserwählt, sie sehen und berühren zu dürfen!"

„Stimmt!", stieß Liszt hervor und applaudierte zwei Mal theatralisch. „Gratulation. Doch dazu hätten Sie meine Hände nicht begutachten müssen, weil Ihnen doch bekannt ist, dass ich Pianist, also Künstler, bin."

Sie öffnete die Augen und blickte ihn wortlos an. Liszt befürchtete schon, dass die Ironie in seinen Worten sie vielleicht gekränkt haben könnte, als sie plötzlich von dem Stuhl glitt, sich vor ihm hinkniete und ihre Hände vorsichtig auf die seinen legte.

„Diese Finger", sagte sie und in ihrer Stimme schwang Ehrfurcht und Bewunderung mit. „Das sind wohl Finger eines Pianisten. Doch Ihre Hände, Monsieur, das sind die Hände eines Menschen mit genialen Veranlagungen."

Liszt verzog ein wenig den Mund. „Wie erfreulich für mich", meinte er verbindlich. „Doch – ohne Eigenlob oder Überheblichkeit, Madame – solche Schmeicheleien bekomme ich ständig zu hören."

„Ich weiß nicht, was man Ihnen sagt, Monsieur, aber ich vermute, dass man ihre Darbietun-

gen bewundert. Ich verstehe nichts von Musik, ich bin nur eine einfache Frau aus dem Volk, aber dass Sie mit diesen überlangen, kräftigen und offenbar dennoch ungeheuer geschmeidigen Fingern das Klaviercord zu spielen verstehen, erscheint mir selbstverständlich. Hingegen – was die Zuhörer nicht wissen, nicht wissen können, weil sie es nicht sehen – das sind die Linien auf Ihren Händen. Und derart makellose Linien, wie sie bei Ihnen, Monsieur, bestehen, habe ich noch nie gesehen. Sie müssen ein wahrer Liebling der Götter sein!"

Liszt betrachtete seine Handflächen. „Sind diese Falten nicht bei jedem Menschen gleich? Woran wollen Sie hier Besonderes erkennen?"

„Nein, Monsieur – jede dieser Linien, ob Herz-, Kopf-, Lebens- oder Schicksalslinie, ist verschieden. Sie zeigen Gutes und Schlechtes, sie haben Brüche, Wellen, sind kurz oder lang, höher oder tiefer, gerade oder gekrümmt und all das hat seine Bedeutung. Doch Ihre Linien, Monsieur, alle Linien Ihrer linken Hand deuten auf Vollkommenheit hin. In jedes Menschen Handlinien sind Brüche, Wellen, sind Unterbrechungen zu sehen, die es zu deuten gilt. Doch Ihre Linien, Monsieur, – das ist einmalig! – sind makellos und legen in ihrer Vollkommenheit Zeugnis dafür ab, dass Sie über künstlerische und schöpferische Veranlagungen verfügen, die Sie über alle Menschen erheben. Alleine der wunderbare Verlauf der Kopflinie deutet auf ein Maß an Kreativität hin, die Sie zu höchster Anerkennung führen könnte. Wobei sich diese Linie noch in Äste teilt, Sie demnach über zwei oder gar mehrere geniale Talente verfügen."

Liszt lehnte sich zurück. „Das klingt durchaus erfreulich, Madame. Sie sprechen von Veranlagungen, von Talenten. Vermögen Sie jedoch auch meinen weiteren Lebensverlauf aus den Händen zu erkennen?"

Sie schüttelte den Kopf. „Nein, Monsieur, dazu müssten die Karten befragt werden, die niemals lügen."

Liszt lachte laut auf. „Das können nur Karten? Das amüsiert mich, denn mir sind schon einmal – ich war damals noch ein Knabe von neun Jahren – die Karten gelegt worden." Er überlegte kurz. Dann huschte ein schalkhaftes Lächeln über sein Gesicht. „Es würde mich durchaus reizen, den Versuch zu unternehmen, ob Ihre und die damalige Prophezeiung der alten Zigeunerin von gleichem Inhalt sind."

„Ich würde mich geehrt fühlen, wenn ich Ihnen die Karten legen darf. Ein Blick in die Zukunft eines Menschen, der offenbar zu Großem, vielleicht sogar zur Unsterblichkeit seines künstlerischen Wirkens berufen ist, ist nicht jedem gegönnt."

Liszt beugte sich vor. Seine Stimme war plötzlich sehr ernst. „Vergessen Sie, was Sie über die Unsterblichkeit gesagt haben. Mich interessiert, wie mein Leben jetzt weitergehen wird. Mein Vater hat mich verlassen, ich stehe alleine in der Fremde. Meine Freunde und Helfer werden nur so lange an meiner Seite sein, als mir Erfolg und Anerkennung beschieden sein werden. Doch: Werde ich diese haben, Madame? Das beunruhigt mich. Fragen Sie Ihre Karten – vielleicht können diese mir neue Zuversicht geben."

VIII

Nachdem wir spät nachmittags das Museum wieder verlassen hatten, waren wir rechtschaffen müde, denn das intensive Lesen in Briefen und Dokumenten, die allesamt in der für mich so schwer zu entziffernden Kurrentschrift abgefasst waren, war ziemlich anstrengend.

Meine Frau hatte mit Feuereifer die dritte Kiste bearbeitet, mehrere Schachteln und Umschläge durchgesehen und diese mit der gemeinsamen Hilfe von Třibil und mir dokumentiert. Mir blieb dabei wenig Zeit, mich in anderen Dingen umzusehen. Die Zeit flog dahin, aber nichts von Interesse für uns konnte gefunden werden, sieht man von zwei Zeitungen aus dem Jahr 1991 aus Halle an der Saale ab, die zum Einwickeln von Büchern verwendet worden waren und nicht nur bei uns, sondern auch bei Třibil einige Heiterkeit hervorriefen.

Ich stöberte nebenbei in Vitrinen und Laden, fand aber nur wenig, was sich für meine Familienchronik eignete.

Abends, nach dem Nachtmahl, unternahmen wir noch einen kurzen Spaziergang, wobei wir dabei neuerlich auf die Ereignisse des Tages zu sprechen kamen.

„Da liegt etwas in der Luft, in diesem Museum!", sagte meine Frau bestimmt.

„Ja, schon. Aber was?"

„Tříbil hat unmissverständlich angedeutet, dass wir offenbar auf der Suche nach der gleichen Sache sind, wie diese beiden Franzosen."

„Klar, deshalb hat man uns ja einen Aufpasser in den Pelz gesetzt und damit nicht nur zwei, sondern drei Fliegen mit einem Schlag erledigt. Herr Holub ist ein Mini-Tapferes-Schneiderlein!"

„Drei?"

„Genau, drei! Eins: Ich darf forschen und bin nicht mehr verärgert. Zwei: Gleichzeitig bekommt das Museum durch uns die Kiste aufgearbeitet. Drei: Wir sind unter ständiger Aufsicht, was offenbar von Svátanek angeordnet worden war."

„Ganz richtig. Stört uns das?"

„Nur dieses Misstrauen! Aber es muss mehr dahinter sein. Denk daran, dass Tříbil doch angedeutet hat, die halbe Musikwelt suche angeblich nach einem Brief, weil dieser so wertvoll sein soll."

„Ja, so hat er sich ausgedrückt. Die halbe Musikwelt?" Meine Frau blieb plötzlich stehen. „Du, wenn das mit der Musikwelt wirklich stimmt, dann weiß Haide auf alle Fälle etwas darüber. Frag sie einfach!"

„Das ist eine großartige Idee!", rief ich erfreut. „Bingo! Ulli, du bist die Beste!"

Ich zog mein Handy hervor und wählte ihre Nummer. Haide, meine Cousine, eine bekannte Kulturjournalistin, war nicht nur Zeit ihres Berufslebens stets bestens informiert, sondern sie ist es bis zum heutigen Tage auch geblieben, da sie die seltene Begabung hat, den richtigen Leuten zum richtigen Zeitpunkt die richtigen Fragen zu stellen.

„Hallo, beste aller Cousinen!", begrüßte ich sie überschwänglich und fügte, da sie noch immer viel herum reist, meiner Begrüßungsformel hinzu: „In welchem Winkel unserer Welt habe ich dich denn erreicht?"

„Im Schönsten, den es gibt", antwortete sie schlagfertig. „Nämlich in meinem Garten, unterm Apfelbaum! Normalerweise begrüßt du mich nur mit ‚Hallo Cousine!' Heute bin ich plötzlich die ‚beste aller Cousinen' – da läuten bei mir die Alarmglocken: Der Cousin will was oder braucht was! Schieß los!"

Ich erzählte in kurzen Worten, was mich zu diesem Telefonat veranlasst hat.

„Wo bist du eigentlich?", fragte sie dazwischen.

Ich berichtete von meinem Besuch in F., meinen Forschungen in den Unterlagen meines Großonkels und von den Problemen, die ich hier hatte.

„Na, bitte", meinte sie trocken. „Da darfst du dich wirklich über nichts wundern. Am Ende findest du tatsächlich diesen ominösen Brief!"

„Welchen Brief denn? Bitte sag mir Genaueres. Ich habe wirklich keine Ahnung. Und das glaubt mir hier niemand."

Sie schwieg einige Zeit, sodass ich schon fürchtete, die Verbindung sei abgerissen. Dann meldete sie sich aber doch wieder.

„Behalte das, was ich dir jetzt erzähle, unbedingt für dich, mein Lieber. Und vor allem: Kein Wort zu den Leuten im Museum, weil dir ja unbekannt ist, welcher Wissensstand dort wirklich herrscht."

„Ist denn das tatsächlich so?"

„Mehr als das! Alles hat – angeblich – auf einem Flohmarkt in Budapest seinen Ausgang genommen, wo ein Musiker vor einiger Zeit eine Partitur der Faust-Symphonie von Liszt gekauft hat. Eine alte Ausgabe aus dem Jahre 1862. Er wollte sie mit der Originalpartitur aus 1859 vergleichen und auf Abweichung untersuchen. Da findet er im dritten Satz plötzlich einen Zettel zwischen den Seiten, auf dem zu lesen ist, dass an dieser Stelle der Symphonie Franz Liszt stets gesagt haben soll, hier hätte er mit dem Teufel Schluss gemacht."

„He!", unterbrach ich. „Das ist ja unglaublich. Wie war das?"

„Warte noch einem Moment. Es kommt noch toller. Pass auf: Dies – also der Schlussstrich mit dem Teufel – hätte Carolyne, also die Fürstin zu Sayn-Wittgenstein, die Lebensgefährtin Liszts, behauptet und dies sogar einem Schüler von Liszt brieflich mitgeteilt."

„Welchem denn?"

„Das steht nicht drauf. Leider!"

„Aha, jetzt wird mir einiges klar. August Stradal, der Lisztschüler. Deshalb lässt man mich nicht alleine ins Stradalzimmer. Aber wer hat denn diesen Zettel überhaupt geschrieben?“

„Das ist noch unklar. Vermutlich eine Freundin der Prinzessin Marie Hohenlohe, der Tochter der Fürstin. Die Schreiberin sagt nämlich, ihre Freundin habe ihr anvertraut, was sie von ‚Oma Carolyne‘ erfahren hat. Die Handschrift sei eindeutig jene einer jungen Frau, und zur Familie Hohenlohe passt natürlich, dass sich auf der Partitur der Stempel von Schloss Friedstein befand. Friedstein bei Stainach, in der Steiermark, ganz in der Nähe von dir. Das ist ja das Schloss der Familie Hohenlohe.“

„Vielen Dank einmal“, brachte ich angesichts dieser Neuigkeiten nur hervor. „Die beste aller Cousinen ist wirklich topp informiert.“

„Schon lange nicht mehr. Aber in diesem Fall spielt der Zufall mit.“

„Zufall?“

„Ja, denn der Musiker, der diese Faust-Partitur auf dem Flohmarkt gekauft hat, ist der Mann meiner Freundin Czibi. Na, egal! Von ihr habe ich alles erfahren und sie hat noch etwas anderes erzählt, was du ebenfalls unbedingt für dich behalten musst.“

„Zack, bumm!“, sagte ich nur. „So schwerwiegend?“

„Vielleicht, denn immerhin ist nächstes Jahr 200. Geburtstag von Franz Liszt, und da wird es massenhaft neue Veröffentlichungen geben und sein Leben wird aufs Neue bis ins Kleinste durchforstet werden."

„Du meinst, dass da etwas nicht ganz stimmen kann?"

„Das erscheint nicht ganz unwahrscheinlich. Kopfzerbrechen bereitet einmal die Bezeichnung ‚Oma' Carolyne', weil man innerfamiliär damals wahrscheinlich nur französisch gesprochen hat und ‚Oma' auch in der Genealogie nicht ganz passt. Es könnte also sein, dass die Gegner der Lisztschen Musik vor dem Jubiläumsjahr wieder aktiv werden. Speziell die Redewendung, er habe ‚mit dem Teufel Schluss gemacht' heizt doch alte Feindseligkeiten erneut an."

„Gibt 's die denn tatsächlich noch?"

„Vereinzelt. Liszts Musik hat selbst heute noch Gegner. Wie zu Lebzeiten, als er es sich mit vielen Musikern verscherzt hat. Mit Chopin, mit dem Ehepaar Schumann, mit Mendelssohn, mit Brahms und so weiter. Weil sie und andere seine Musik, die neue deutsche Musik, wie sie genannt wurde, vehement abgelehnt haben."

„Und – was denkst du, wird jetzt geschehen?"

„Man wird dieses Papier natürlich auf Echtheit prüfen und die Archive der Lisztschüler durchforsten. Dass du auch da dran bist, mit deinem Großonkel, das erheitert mich. Vielleicht hat der diesen Brief bekommen, und du wirst noch ein berühmter Wittgensteinbrieffinder!"

„Das glaube ich weniger, aber ich denke, das Wichtigste wird wohl sein, was in diesem Brief - so es ihn überhaupt gibt und er auch gefunden wird - eigentlich drinnen steht, nicht wahr?"

„Natürlich! Der Mann meiner Freundin meint aber auch, dass die ganze Geschichte möglicherweise nur ein Mediengag ist. Man will die Aufmerksamkeit auf Liszt und das kommende Jubiläumsjahr lenken. Weil er als Komponist ja niemals so umjubelt gewesen ist wie als Pianist. Aber wie auch immer! Für dich könnte es der Stoff für eine neue Novelle werden! - Wenn etwas daran ist.", fügte sie hinzu.

„Jetzt hast du mir einen gewaltigen Floh ins Ohr gesetzt, liebe Haide. Ulli und ich sind morgen wieder im Museum und werden in noch nicht gesichteten Briefen mit Feuereifer weiter graben."

„Na, dann viel Vergnügen! Und solltet ihr den Wittgensteinbrief wirklich finden, macht mir bitte eine Kopie! Servus! Und lass Ulli von mir schön grüßen!"

„Servus! Und danke nochmals für die Neuigkeiten."

Wir gingen ins Quartier zurück, aber an Schlaf war jetzt nicht zu denken. Das Telefonat blieb natürlich noch lange Gesprächsthema. Und die verschiedenen Mutmaßungen. Aber wahrscheinlich konnten wir auch deshalb keinen Schlaf finden, weil es uns jetzt schon in den Fingern kribbelte, die vielen

Schachteln und Umschläge in der Kiste zu durchsuchen.

Doch am nächsten Tag mussten wir unsere Ungeduld zunächst noch zügeln, denn Frau Kirilová erklärte uns, dass wir vormittags noch nicht ins Stradalzimmer dürften, da Herr Tříbil in einer dienstlichen Sache außer Haus sei. Wir sollten am Nachmittag anrufen und uns erkundigen, wann er wieder zur Verfügung stehen könnte.

Wir erreichten Herrn Tříbil erst ziemlich spät, was uns leider nur einen kurzen Nachmittag ermöglichen konnte. Die Stimmung war unverändert angespannt, doch er war um Verbesserung bemüht und erzählte von seiner Großmutter, während ich mir ein paar kurze Notizen davon mit dem Hinweis machte, sie in meine Familienchronik einfließen zu lassen. Zwischendurch beobachtete ich natürlich gespannt meine Frau, die mit dem Inhalt der Kiste beschäftigt war. Doch was auch immer sie in die Hand nahm, ein Brief der Fürstin Wittgenstein war nicht dabei.

Nach einiger Zeit kam ich ihr zu Hilfe und hoffte dadurch, mehr Schriftstücke aus der Kiste einsehen zu können. Allerdings begann sich bald Langeweile auszubreiten und von der Spannung, mit welcher wir unsere Arbeiten begonnen hatten, war nichts mehr zu spüren. Das mühsame Entziffern der Kurrentschrift. Das ermüdende Lesen belangloser Briefe an August oder an Hildegard. Nichts wirklich Interessantes fand sich dabei. Nicht einmal für meine Chronik.

Es war schon gegen halb sechs Uhr, als mich meine Frau plötzlich heftig am Arm packte. Třibil, der mit der Vervollständigung seiner Listen beschäftigt war, blickte kurz auf.

„Endlich etwas Interessantes gefunden?", fragte er.

„Keine Ahnung", antwortete meine Frau mit seltsam veränderter Stimme, als sie mir zwei Seiten eines Briefes entgegen hielt. „Er ist französisch. Schaust du dir das einmal an. Vielleicht verstehst du den Inhalt!" Dabei zwinkerte sie mir verschwörerisch zu.

Gleichzeitig drehte sie eine Seite betont langsam um.

Das Erste was ich am unteren Ende lesen konnte, war der Name ‚Carolyne Sayn-Wittgenstein'. Meine Hand zitterte ein wenig, als ich die beiden Blätter in die Hand nahm. Der bewusste Brief?, ging es mir durch den Kopf. Haben wir ihn gefunden? Als ich die Anrede las, die auf Deutsch „Geehrter Herr Stradal!" lautete, begann meine Erregung zu steigen.

„Was steht drinnen?", flüsterte sie.

Ich war momentan nicht in der Lage etwas zu sagen. Die Kehle war wie zugeschnürt. Meine Augen flogen über die Zeilen, die sich, in Kurrent geschrieben, erst nach intensiven Überlegen und Assoziieren zu einem Inhalt formten, der mir den Atem nahm. Je länger ich las, desto sicherer war ich, jenen Brief in der Hand zu halten, von dem meine Cousine gestern berichtet hatte! Aber der Inhalt war mehr als verwirrend. Was schreibt denn die Fürstin da? War das überhaupt möglich? Ich las nochmals und prüfte meine Übersetzung. Doch der Inhalt änderte sich nicht. Was da geschrieben stand, war einfach unglaublich.

Ich blickte meine Frau an. „Das ist er!“, sagte ich und fügte leise hinzu: „Kein Zweifel, das ist der Brief!“

„Was ist was?“, fragte Tříbil und blickte uns über den Rand seiner Brille neugierig an.

Ich hielt ihm den Brief entgegen.

„Ein seltsamer Brief der Fürstin Wittgenstein an August Stradal!“

„Waaaaas?“ Jiři Tříbil schnellte in die Höhe. „Das gibt es doch gar nicht!“

„Ob es aber *so ein ganz bestimmter* Brief ist, den angeblich die halbe Musikwelt sucht?“, fragte ich bewusst beziehungsvoll. „Darüber wissen *Sie* ja offenbar mehr als wir, Herr Tříbil. Und wenn mich mein Französisch nicht täuscht, dann ist der Inhalt höchst interessant. Handelt er doch von Franz Liszt.“

„Unmöglich!“, rief er aufgeregt und eilte um den Tisch. „Zeigen Sie her!“

Er riss mir förmlich den Brief aus der Hand.

„Das ist unglaublich!“ Tříbil schüttelte lange den Kopf. Dann reichte er ihn mir zurück.

„Sie verstehen Französisch – das ist gut! Lesen Sie! Um alles in der Welt, lesen Sie!!!“

„Was soll denn unmöglich sein?“, fragte ich betont harmlos.

„Ja, schon gut. Lesen Sie vor. Rasch!“

Ich erfreute mich an seiner hektischen Aufgeregtheit und breitete die Papiere langsam am Tisch aus. Als ich vorzulesen anfing konnte ich allerdings nicht verhindern, dass meine Stimme vibrierte.

„Datum: 18. September 1886, darunter steht ‚Rom‘ –“, begann ich.

„Jetzt bin ich auch aufgeregt“, sagte meine Frau und stupste mich, für Tříbil unbemerkt, am Oberschenkel. „Schließlich habe ja ich den Brief gefunden!“

„Frau Stradalová“, sagte Tříbil ungeduldig. „Bitte lassen Sie Ihren Gatten lesen!“

„Ich lese ja schon“, sagte ich freundlich. „Aber hernach, Herr Tříbil, möchte ich diesen Brief – egal was mit ihm noch passieren wird – für meine Frau kopieren. Sie hat ihn tatsächlich gefunden.“

„Aber ja, in Ordnung!“ Tříbil schien sich wieder beruhigt zu haben. Er lächelte plötzlich merkwürdig. „Jetzt lesen Sie endlich vor! Ich bin nämlich auch gespannt, wer da was schreibt!“

„Wieso denn ‚wer‘?, fragte ich erstaunt. „Ich habe doch gesagt, dass er von der Fürstin Wittgenstein stammt.“

„Ja, ja. Lesen Sie ruhig vor!“

Ich räusperte mich und begann vorzulesen, wobei ich bemüht war, den französischen Inhalt in verständliches Deutsch zu bringen.

„Geehrter Herr Stradal!

Nehmen Sie meinen innigen Dank für Ihr freundliches Schreiben, mit welchem Sie mir durch berührende Worte Ihre Anteilnahme an meinem Schmerz über das Hinscheiden des Grand Maître bekunden. Einem Schmerz, von dem, wie ich vermute, auch Sie betroffen sind, hatte doch der Grand Maître Ihre Person und Ihre künstlerischen Fähigkeiten stets mit lobenden Worten bedacht und Sie mir oftmals als warmen Freund seiner späten Tage genannt.

Was hingegen Ihre verzweifelten Bemühungen anbetrifft, Liszts pianistische Meisterschaft zu erreichen, erscheint es mir im Lichte der engen Beziehung, die Sie zum Grand Maître gehabt haben, wert, von mir zurechtgerückt und mit einer Erläuterung bedacht zu werden, welche Ihnen zu geben ich mich nach langem Zögern zu guter Letzt doch entschlossen habe.

Ist doch seine Meisterschaft des Klavierspiels, wie ich schon in den Tagen, als der Grand Maître bei mir in Woronince weilte, erfahren musste, auf verderbliche und gottverachtende Kräfte des Bösen zurückzuführen. In Sonderheit auf eine Weibsperson zweifelhafter Abkunft und Lebenseinstellung, die ihm einst nach des Va-

ters plötzlichem Tode ein Elixier überlassen hatte, welches aus satanischen Dingen gebraut, mit nur einem einzigen Schluck die Sinne solcherart zu erweitern vermochte, dass des Pianisten Finger noch flinker zu spielen, noch weiter zu greifen und noch kräftiger anzuschlagen vermochten, als dies gemeiniglich möglich gewesen wäre. Solches hatte auch die bleiche Gesichtsfarbe, das Flackern in seinen Augen, seine oft unsicheren Schritte zum Instrument zur Folge, sodass seine Zuhörer den Eindruck gewinnen mussten, dem Spiel eines dämonischen Menschen zu lauschen, der einem Phantom der Finsternis gleicht.

Dass Sie, geehrter Herr Stradal, den Grand Maître in der beschriebenen Form niemals erleben mussten, wollen Sie damit erklären, dass er auf mein dringendes Begehren solch verderbliches Teufelswasser, welches wie zum Hohn des Allmächtigen die Aufschrift ‚Laudamus' trug, in den nahen Fluss warf und mir unter Tränen versprach, niemals mehr schnödes Geld für sein Klavierspiel zu nehmen, weil dieses doch augenscheinlich des Teufels war. Er sprach demütig vom Allmächtigen, der mich in seiner Weisheit einen zufälligen Blick in das Musikzimmer werfen ließ, als mein ‚Fainéant'[9]*, sich unbemerkt wähnend, ei-*

nen Schluck aus dem Teufelsfläschchen nahm, ehe er mit seinem Spiel begann.

Sehen Sie nun die Größe seines Verzichts und somit seine Demut vor dem Allmächtigen? Spielte der Grand Maître ab diesem Zeitpunkt doch nur mehr bei Wohltätigkeitsveranstaltungen und widmete seine Genialität fürderhin in Weimar ausschließlich seinen Kompositionen. Desgleichen werden Sie vermerkt haben, wie großzügig und freigebend sein Umgang mit Geld war, ist er doch fast allen Schülern ein Lehrmeister und Unterweiser für Gotteslohn geworden. Auch dies aus Furcht, sein errungenes Ansehen und Vermögen werde ob seines Zustandekommens dereinst dem Schöpfer nicht wohlgefällig sein.

Lassen Sie mich abschließend hinzufügen, dass ich darüber stets und sogar gegenüber meiner geliebten Tochter Stillschweigen bewahrt habe, worum ich nun auch Sie eindringlich ersuche. Es mögen ihm, der schon zu Lebzeiten großen Anfeindungen ausgesetzt war, weil er den Speer der neuen Musik zu weit ins Land der Zukunft geworfen hat, posthum neuerliche Anfeindungen erspart bleiben.

Da es mit meinem Gesundheitszustand nicht zum Besten steht und ich vom Wunsche beseelt bin, meinem

‚Cher Bon'[10] *alsbaldig nachfolgen zu können, schließe ich dieses Schreiben an den geschätzten Schüler des Grand Maître in der Hoffnung, dass Sie ihm weiterhin in jeder Form die Treue bewahren und sich Ihrer Auserwähltheit stets bewusst bleiben.*

Carolyne Sayn-Wittgenstein"

Als ich geendet hatte, herrschte lange Zeit Stille im Raum. Tříbil hatte zu meiner Verwunderung den Mund noch immer zu einem spöttischen Lächeln verzogen. Meine Frau durchbrach als Erste die Stille. „Ich werd' verrückt! Was soll denn das heißen?"

„Das verstehe ich auch nicht, Ulli. Aber vielleicht kann uns Herr Tříbil dazu etwas sagen!"

Dieser hatte den Brief an sich genommen und betrachtete ihn von allen Seiten. Dann schüttelte er nur den Kopf. „Ist mir alles schleierhaft", sagte er nur.

„Das glaube ich Ihnen nicht!" Ich wandte mich ihm voll zu, denn nun war ich entschlossen, ihn und damit die Museumsleitung ein wenig in die Enge zu treiben. „Sie haben gestern etwas von einem Brief angedeutet, den angeblich die halbe Musikwelt sucht. Mir erscheint der Inhalt, auch wenn er mehr als merkwürdig ist, durchaus Wert, genauer untersucht zu werden."

Tříbil schüttelte den Kopf. „Also“, meinte er. „Die Frau Fürstin hat sich zunächst einmal geirrt. Bei der Bezeichnung ‚Laudamus‘. Wahrscheinlich hat es sich um ‚Laudanum‘ gehandelt. Dann würde der Satz Sinn machen.“

„Laudanum? Was ist denn das?“, fragte ich überrascht, dass er in diesen wirren Zeilen einen Sinn erkennen konnte.

„Das war früher einmal eine Art Droge. Ein Rauschgift, würde man heute sagen. Viele Künstler haben es verwendet, weil es angeblich die Sinne erweitert. Es war ein Gemisch aus Opium, Wein und Wasser. Wurde seinerzeit von vielen Künstlern genommen. Einige gerieten sogar in Abhängigkeit von diesem Zeug. Edgar Allen Poe zum Beispiel.“

„Die Fürstin behauptet also, dass Liszt von diesem ‚Laudamus‘ oder ‚Laudanum‘ abhängig gewesen ist. Das ist stark!“

„Mehr oder weniger erzählt sie das Ihrem Großonkel. Nach dem Datum zu schließen, war dies knapp nach dem Tode von Liszt geschrieben worden. Da könnte es gewesen sein, dass der Großonkel ein Beileidschreiben geschickt hat, in dem er darüber klagt, dass er – lesen Sie das nochmals, bitte!“

Ich nahm den Brief und suchte die Stelle heraus.

„Was hingegen Ihre verzweifelten Bemühungen anbetrifft“, las ich, *„Liszts pianistische Meisterschaft zu erreichen, erscheinen mir Ihre Worte im Lichte der engen Beziehung, die Sie zum Grand*

Maître gehabt haben, wert, von mir zurechtgerückt und mit einer Erläuterung bedacht zu werden ...“

„Na, bitte! Das ist die Erläuterung. Er hat vielleicht geschrieben, wie sehr er sich bemüht, so toll Klavierspielen zu können, wie der Franz Liszt. Und darauf hat sie ihm das erzählt. Mein Gott, satanische Mächte! Das ist natürlich übertrieben. Die Fürstin war damals in Rom der Realität schon ein wenig entrückt. Sie hat sich nur mehr mit christlichen Dingen befasst und Bücher darüber geschrieben.“

„Das heißt also nichts anderes,“ erläuterte meine Frau aufgeregt, „als dass sie August über die pianistische Virtuosität Liszts gewissermaßen aufklärt.“

„Sieht so aus“, pflichtete Tříbil bei und lächelte erneut.

Ich drehte mich zu ihm um. „Mit scheint, Sie finden das amüsant. Oder Sie freuen sich schon jetzt darüber, dass der Brief Ihr Museum zu ungeahnter Bekanntheit führen wird.“

„Weder das eine noch das andere, Herr Stradal. Aber dass unser Museum mit diesem Brief berühmt werden kann, also, das steht für mich fest.“

„Ich glaube, Sie sollten jetzt Direktor Holub informieren. Das ist doch eine bedeutende Sache, nicht?“

„Ja, ja, aber František wird schon noch rechtzeitig davon erfahren. Doch zuerst muss ich Ihre Frau noch ein paar Sachen fragen.“

„So? Bitte sehr!“

„Liebe Frau Ulrika", begann Tříbil feierlich. „Woher weiß man denn, dass dieser Brief an August Stradal gerichtet ist?"

Meine Frau lachte kurz auf. „Er ist ja an den geehrten Herrn Stradal gerichtet."

„Sehr gut. Und wo in der Kiste haben Sie den Brief gefunden?"

Meine Frau ergriff ein Buch, das vor ihr am Tisch lag. „Darunter befand sich der Brief. Ich habe es heraus genommen und dabei den Brief gesehen."

„Gibt es ein Kuvert dazu?"

„Nein, da war keines. Die beiden Blätter lagen zusammengefaltet zwischen den Büchern."

„Es kann nämlich kein Kuvert geben, Frau Stradalová, denn damals gab es noch keine. Man schrieb die Anschrift auf eine Seite des Briefes und faltete dann so, dass die Anschrift außen sichtbar war."

„Mein Gott!", rief ich verstehend, worauf Tříbil hinaus wollte. „Damals verschloss man Briefe nicht in Kuverts sondern versiegelte sie."

„Sehr richtig. Und was zeigen uns diese vier Briefseiten? Weder eine Anschrift noch Reste eines Siegels."

„Siegel können aber im Laufe der Zeit abbröckeln. Vielleicht war der Brief in einem anderen Umschlag und dieser war versiegelt, ist aber verloren gegangen."

„Das ist möglich, Herr Stradal, aber wenn Sie die Briefe der Fürstin Wittgenstein im

Weimarer Lisztmuseum gesehen haben, dann wird Ihnen noch etwas anderes auffallen, was an diesem Brief - nun sagen wir vorsichtig - ungewöhnlich ist."

Ich glaubte, nicht richtig gehört zu haben. „Vermuten Sie denn, dass da was nicht stimmt?"

„Davon bin ich überzeugt. Da kann vieles nicht stimmen."

„An diesem Brief?"

Er nickte. „Genau, aber nicht nur wegen eines fehlenden Siegels. Auch wegen der Unterschrift. Erstens hat sich die Fürstin in ihrer privaten Korrespondenz niemals mit ‚Sayn-Wittgenstein' unterschrieben, sondern nur mit Wittgenstein oder überhaupt nur mit ‚Carolyne W. Und zweitens hat sie beim ‚C' von Carolyne niemals einen Schnörkel oben gemacht, sondern immer nur unten."

„Tatsächlich?" Ich betrachtete die Unterschrift. „Das können wir natürlich nicht wissen. Sie sagten ja noch bevor ich den Inhalt vorgelesen habe, dass da etwas unmöglich ist. Sie haben das gleich auf den ersten Blick erkannt. Meine Hochachtung. Woher kommt Ihre Sicherheit, Herr Třibil?"

„Dieser Brief", sagte er, ohne auf meine Frage einzugehen, „wird sicher seine Bedeutung in unserem Museum bekommen. Aber eben nur als Fälschung."

„Ein Fälschung also!", brummte ich. „Schade, schade. Meine Frau macht eine tolle Entdeckung, ich habe die Ehre dabei zu sein -

aber nichts da! Ein Fake! Doch – das frage ich mich jetzt: Warum? Cui bono? Wer war denn da am Werk?"

Třibil blickte zur Zimmerdecke. „Das können Sie sich leicht selber beantworten."

„Ich? Mir beantworten? Ich habe keine Ahnung, was das Ganze soll!"

„Wo hat Ihre Frau den Brief gefunden?"

„In der Kiste. Na, und?"

„Ja, aber wo denn?"

„Zwischen zwei Büchern, wie sie gesagt hat."

„Jetzt stellen Sie sich vor, der Brief wäre echt. Was bedeutet der Inhalt?"

„Nichts Gutes für das Ansehen von Franz Liszt. Dass er bis zu seiner Bekanntschaft mit der Fürstin Wittgenstein offenbar irgendein Zeug genommen hat zur Steigerung seiner Kräfte. Behauptet sie zumindest."

„Na, bitte! Dies hat die Frau Fürstin dem Großonkel per Brief anvertraut und ihn noch ersucht, ja nichts davon zu erzählen. Was macht man mit so einem Brief, vor allem wenn man ein dem Franz Liszt mehr als nur ergebener Schüler war oder ist?"

„Den schmeißt man entweder weg oder behütet ihn wie den eigenen Augapfel."

„Das Letztere hat der Großonkel sicherlich gemacht, denn nach seinem Tod ist der Brief bei seiner Witwe, der Hildegard, gelandet. Und die hat was damit gemacht?"

„Sie wird ihn ebenfalls sorgsam aufbewahrt haben."

„Jawohl, und zwar in ihrer –“ Er brach abrupt ab. „Na, sehr sorgsam, meine ich.“

Meine Frau mischte sich in dieses merkwürdige Gespräch ein.

„So ein Brief gehört unter höchst persönliche Unterlagen, in ein Tagebuch, in ein Poesieheft oder sonst wohin.“

„Und so ein wichtiger, sensationeller Brief, liegt lose zwischen Büchern“, sagte ich nachdenklich.

„Wie kommt eigentlich dieser Brief in die Kiste?“, fragte meine Frau stirnrunzelnd. „Gestern haben wir ja das Tagebuch der Hildegard in der Hand gehabt. Dort hätte er eigentlich sein können, denke ich!“

„Sehr richtig“, ergänzte ich. „Wer hat also den Brief lose in die Kiste gelegt?“

Tříbil antwortete nicht. Plötzlich sprang er auf und eilte zur Kiste.

„Sie ist erst zu einem Drittel geleert worden“, sagte er aufgeregt. „Eine Menge Pakete und Schachteln sind noch drinnen. So ist das also!“

„Was denn?“

Er achtete nicht auf mich. Er murmelte vor sich hin. „Der Brief wäre sehr schnell gefunden worden, wenn man nur mal schnell –. Ja, das ist es. Das muss es sein. Der Brief *sollte* rasch gefunden werden. Deshalb wurde er ja so hinein gelegt. So platziert. Nicht unter den anderen Briefen. Nein, mehr oder weniger offen – rasch zu finden.“

„Den hätten vielleicht die zwei Franzosen finden sollen“, sagte meine Frau in Gedanken. Doch dann schüttelte sie den Kopf. „Nein, nein, Herr Direktor war da anderer Meinung gestern.“

„Franzosen?“, rief Tříbil aufgeregt. „Ulrika, Sie sind ein wahres Genie! *Das* ist die Erklärung für den Einbruch!“ Er setzte sich wieder nieder und machte einen erleichterten Eindruck.

„Die Franzosen haben den Einbruch unternommen. Aber sie haben nichts gesucht. Nein, ganz im Gegenteil. Sie haben etwas hinterlegt. Etwas, das möglichst rasch gefunden werden sollte. Diesen gefälschten Brief! So war das. Deshalb das aufgebrochene Schloss. Niemand kam auf die Idee, dass darin etwas hinein gelegt wurde. So einfach war das! Und die Kassa haben sie mitgenommen, damit alles eine Tarnung hat.“

Ich nickte. „Das könnte schon so gewesen sein. Aber – um alles in der Welt – warum?“

Das Mobiltelefon von Tříbil läutete. „Moment, bitte!“

Er hob sein Mobiltelefon ans Ohr und sogleich erfolgte ein reges Gespräch in Tschechisch, dem wir nicht folgen konnten. Doch Tříbil zeigte sich vergnügt, lachte dann und wann und nickte zwischendurch.

„Tolle Neuigkeiten“, sagte er und klappte das Telefon zusammen.

„Hoffentlich gute!“, sagte ich nur.

„Wie man es nimmt. Ich darf Ihnen jetzt etwas Genaueres über den Brief erzählen. Holub war einverstanden damit. Mit meiner Bemerkung von der halben Musikwelt, die nach einem Brief sucht, habe ich mich ein wenig verraten. Sie sollen jetzt die ganze Geschichte hören."

„Welche ganze Geschichte?", fragte ich harmlos.

„Nun, was da momentan los ist um Franz Liszt."

So erfuhren wir nun offiziell genau das, was meine Cousine gestern am Telefon berichtet hatte. Die Geschichte mit dem Zettel in der Partitur, die auf dem Flohmarkt gekauft worden war.

„Haben Sie ihm von unserem Brief erzählt?", fragte ich, als er geendet hatte.

„Ja, selbstverständlich. Jetzt herrscht natürlich große Aufregung, weil dahinter auch eine gezielte Verleumdungskampagne im Vorfeld der Feierlichkeiten nächstes Jahr gesehen werden kann. Klar. Holub fährt morgen mit dem Brief zu Svátanek. Man wird weitere Schritte koordinieren. Dieser Brief - eindeutig eine Fälschung! - ist dennoch ab sofort streng vertraulich. Reden Sie bitte nicht darüber, wenn sich andere Leute in Hörweite befinden. Sie verstehen - die Medien haben überall ihre Augen und Ohren."

Das war verständlich. Was wir zu diesem Zeitpunkt noch nicht wussten: Wie schwer es schon am Abend war, als wir auswärts essen gingen, *nicht* darüber zu reden. Beide waren wir ja noch im Banne dieser Entdeckung, die uns so unvermittelt in den Mittelpunkt einer vielleicht sogar kriminellen Geschichte um bevorstehende Jubiläumsfeierlichkeiten von Franz Liszt geschwappt hatte.

IX

Madame Babèrre öffnete ihre Handtasche und zog ein Päckchen Spielkarten hervor.

„Ich werde gerne zu Diensten sein. Vor allem möchte ich das einzige Rätsel, welches mir Ihre Hände aufgegeben haben, lösen."

„Rätsel? Wie darf ich dies verstehen?"

„Erlauben Sie, dass ich vorerst die Karten lege. Dafür sollte das Teetischchen reichen."

Liszt erhob sich und läutete nach dem Diener. Dieser betrat, sich verbeugend, nach erstaunlich kurzer Zeit den Raum.

Liszt deutete auf das Teeservice.

„Trage Er das hinaus, Hugo, und bringe Er ein Tuch. Madame wird Karten auflegen."

Hugo erstarrte zur Salzsäule und war nicht in der Lage, ein Wort zu sprechen.

„Was ist denn, Hugo?", rief Liszt verärgert. „Los, mache Er schon!"

Der Diener hatte seine Fassung wieder gefunden. Er stellte das Teeservice auf ein Tablett.

„Wird geschehen, Monsieur!", sagte er mit belegter Stimme und fügte nach einer kurzen Pause hinzu: „Darf ich Monsieur noch informieren, dass Grand Madame vor wenigen Minuten ihr Bedauern darüber geäußert hat, dass heute kein Klavierspiel zu hören ist."

„Ich erbiete Madame meine Ergebenheit und werde – so sie es wünscht – nach Beendigung des

Besuches gerne eine private Vorstellung im Musiksalon geben."

Hugo verneigte sich stumm, entfernte das volle Tablett, breitete ein rotes Damasttuch über den Tisch und verließ, nicht ohne sich vorher abermals verbeugt zu haben, den Raum.

Madame Babèrre zog ihren Stuhl näher und legte den Kartenstapel auf den Tisch.

„Meine siebzehn Blätter werden uns Einblick in Ihre Zukunft geben", erläuterte sie und mischte die Karten. Dann schob sie sie zu einem Päckchen zusammen, vollführte darüber merkwürdige Handbewegungen, ehe sie es in die Hand nahm und langsam, eine Karte nach der anderen, offen auf dem Tisch auslegte.

In der ersten Reihe fünf Karten, in der nächsten Reihe ebenfalls, wobei sie den Platz der zweiten Karte frei ließ. In der dritten Reihe ließ sie den dritten Platz offen und in der vierten den Vierten. In der fünften Reihe wurden abschließend wieder fünf Karten durchgehend gelegt.

Liszt hatte alles interessiert verfolgt und betrachtete die fremdartigen Kartenbilder mit Verwunderung.

„Warum lassen Sie hier drei Plätze freie?", fragte er nach einer Weile, während Madame Babèrre erneut in ihrer Handtasche kramte und fünf weitere Spielkarten hervorholte, die jedoch ein anderes Muster auf der Rückseite aufwiesen.

„Drei dieser fünf Karten, die für verschiedene Aspekte des Lebens stehen, Monsieur, müssen von Ihnen ausgewählt werden."

Sie mischte sorgfältig und legte das Päckchen mit der Rückseite nach oben unter die fünfte Reihe der vorhin ausgelegten Karten.

„Konzentrieren Sie sich, Monsieur, und denken Sie intensiv an Fragen, die Sie an Ihre Zukunft haben. Es können Fragen sein, die Ihren Lebenserfolg, Ihre Familie, Ihre Freunde, Ihre Gesundheit oder Ihr Liebesleben betreffen." Sie hielt kurz inne. „Ihr zukünftiges Liebesleben, meine ich", fügte sie mit leichtem Lächeln hinzu.

„Auch zu meiner pianistischen Laufbahn?", fragte Liszt.

„Das ist in der Karte für den Lebenserfolg beinhaltet. Sie steht für Beruf, Geld, Anerkennung und so weiter. Doch ob sich diese Karte unter jenen befinden wird, die Sie auswählen werden, das wird das Schicksal entscheiden. Es wird nur für drei Karten – vielleicht – eine Antwort zu geben bereit sein."

„Aber wie wollen Sie denn –"

„Etwas Geduld, Monsieur. Schließen Sie die Augen und stellen Sie der Zukunft Ihre Fragen. Sprechen Sie jedoch kein Wort dabei. Die Antwort erhalten Sie von mir, die ich die Karten, die das Schicksal gelegt hat, zu deuten verstehe."

Liszt wurde von einer eigenartigen Spannung ergriffen. Er lehnte sich zurück und schloss die Augen. Tausend Gedanken schossen ihm durch den Kopf. Vornehmlich solche des Zweifels, war er doch fest davon überzeugt, dass des Menschen Zukunft, sein Geschick, ja, sein Leben, ganz in Gottes Hand gelegt ist und es sich daher niemand anmaßen dürfe, in diesen Lebensplan einzudringen.

Langsam ordneten sich seine Gedanken. Eine Frage war für ihn ganz klar: Würde seine Laufbahn als Pianist weitergehen und zu neuen Höhepunkten führen? Andere drängten sich hinzu: Wird ihm das gleiche Los wie dem Vater beschieden sein, das zweiundfünfzigste Lebensjahr nicht zu erreichen? Würde er seine Mutter wohlbehalten in Paris antreffen und würden seine Freunde treulich an seiner Seite bleiben? Was die Liebe anbetraf, hatte er noch keine konkreten Fragen. Folglich erschien es ihm auch überflüssig, sich darüber Gedanken zu machen.

Lange verharrte Liszt regungslos. Die Stille im Raum bewirkte eine angenehme Ruhe in seinem Inneren. Fast erschrak er, als er ihre laute Stimme vernahm.

„Sind Sie bereit, Monsieur?“

Liszt öffnete die Augen und setzte sich kerzengerade.

„Sie können mit Ihren Künsten beginnen, Madame. Doch bedenken Sie wohl, dass ich solche Zukunftsdeutung schon einmal erlebt habe. Ich werde zu vergleichen wissen.“

„Wie es beliebt, Monsieur.“ Sie reichte ihm die fünf Karten. „Bitte mischen Sie.“

„Sie haben vorhin schon gemischt“, entgegnete er verwundert. „Weshalb nochmals?“

„Es ist Ihr Schicksal, Monsieur. Sie müssen gemischt haben, damit jene drei Blätter gewählt werden können, über welche die aufgelegten Karten – vielleicht – Auskunft geben.“

Liszt mischte mit großer Vorsicht, damit ihm keine Karte entgleite.

„Wählen Sie nun drei Karten daraus aus.“

Liszt tat es.

Sie legte diese unter die fünfte Kartenreihe, bedeckte sie mit ihren Händen und beugte sich darüber, wobei sie unverständliche Worte murmelte. Dann richtete sie sich wieder auf, nahm die oberste Karte und platzierte sie auf den freien Platz in der zweiten Kartenreihe.

„Was bedeutet denn diese seltsame Karte?", fragte Liszt und betrachtete das Kartenbild, welches eine lilienähnliche Blume umgeben von allerlei merkwürdigen Zeichen zeigte.

„Es ist die Gesundheit-Karte, Monsieur". Sie ließ ihre Hand über die angrenzenden Karten gleiten.

„Ich erkenne", sprach sie mit dunkler Stimme, „dass diese Karte von keinen negativen Einflüssen umgeben ist. Somit könnte Ihnen ein langes Leben beschieden sein. Die Blumen-Karte daneben spricht von Gesundheit. Seht!" Sie tippte auf die letzte Karte in der ersten Fünferreihe. „Sie bedeutet Krankheit und Schmerz, doch sie ist weit weg zu liegen gekommen. Ein Leben, Monsieur, ein wahrscheinlich langes Leben in Gesundheit ist Ihnen bestimmt."

Liszt lächelte und dachte daran, dass ihm seinerzeit anderes geweissagt wurde. Nämlich: ‚Die Last des Alters werde er zu tragen haben. Und die Schmerzen!'

„Das ist wirklich sehr interessant", entfuhr es Madame Babèrre, als sie die nächste Karte auf den freien Platz in der dritten Reihe gelegt und diese lange prüfend betrachtet hatte.

Auf Liszts Stirn zeigten sich Falten. „Wollen Sie mir nicht sagen, was daran interessant ist, Madame? Was bedeutet diese Karte?"

„Es ist die Liebesleben-Karte, Monsieur."

„Ach! Und dies ist so interessant?"

„Sicher, denn die Karten sprechen von Seelentiefe und von starken Gefühlen in Ihrem Liebesleben. Doch die Ring-Karte liegt weit weg – es bedeutet, dass Ihnen kein Eheglück beschieden sein wird."

Jetzt erschrak Liszt doch. Zu genau stimmte dies mit jenen Worten überein, die ihm in seiner Kindheit kichernd ins Ohr geflüstert worden waren. ‚Du wirst immer das ‚Ja' von Frauen hören. Jedoch niemals vor dem Altar!'

Er räusperte sich. „Nun gut. Ich danke Ihnen. Allerdings hoffe ich, dass Ihre Karten, die zwar – wie man so zu sagen pflegt – nicht lügen, vielleicht doch einem Irrtum anheim gefallen sind, nicht?"

„Ein Leben ohne Ehering kann dennoch von Zufriedenheit begleitet sein."

„Madame, Sie drücken sich reichlich unverständlich aus. Die Zufriedenheit scheint mir davon abhängig zu sein, ob man Erfolg hat, beliebt und umworben ist."

Neuerlich erhob sich Liszt und ging im Zimmer auf und ab. „Ich, der ich ein Leben als Künstler vor mir habe – zumindest hoffe, ein solches vor mir haben zu können –, sehe die Zufriedenheit nur dann, wenn meine Kunst von allen gehört, anerkannt und bejubelt, wird. Die unübertreffbare Meisterschaft auf dem Instrument." Er verstummte kurz, ehe er ergänzte: „Vielleicht auch meine Kompositionen und Bearbeitungen."

Madame Babèrre erwiderte darauf nichts, sondern senkte nur den Blick.

„Darf ich nun die nächste und letzte Karte auflegen, Monsieur?“, fragte sie nach einer Weile.

Liszt trat an den Tisch.

„Wohlan, legen Sie sie auf“, sagte er leise und nahm wieder Platz.

„Oh!“, rief er überrascht, als er die Krone sah, welche die neue Karte zierte. „Steht mir die Erhebung in den Adelsstand bevor? Das wäre ja vortrefflich!“

Sie aber schüttelte den Kopf. „Nein, Monsieur, diese Karte bedeutet den Lebenserfolg.“

„Ausgezeichnet, Madame. Und was können Sie mir dazu sagen?“

Madame Babèrre wurde ein wenig unruhig. „Noch verwirren mich die Karten. Sie sprechen eine unklare Sprache.“

„Unklar? Sagen mir die Karten ein erfolgreiches Leben als Klaviervirtuose voraus? Nichts anderes will ich wissen!“

Madame Babèrre schien die letzten Worte Liszts nicht gehört zu haben. Sie saß tief in Gedanken versunken beim Kartentisch. Ihre Lippen bewegten sich wie bei einem lautlosen Gebet und ihre Hände strichen unruhig an der Tischkante entlang.

„So sprechen Sie doch!“, drängte Liszt ungeduldig.

Langsam, sehr langsam, wandte sie sich ihm wieder zu.

„Ich bin nur eine einfache Frau, Monsieur“, sagte sie leise, fast furchtsam, „die dann und wann die Sprache der Karten zu deuten versteht. Doch

manchmal zeigen diese solch schwierige, verwirrende Botschaften, dass sie – sollte ich sie falsch verstehen – das Leben des Betreffenden verderblich beeinflussen. Deshalb, Monsieur, verstumme ich jetzt besser lieber. Ich wage nicht, die Karten zu deuten. Sie sind zu missverständlich!"

Liszt sprang verärgert auf. „Nein, nein, nicht mit mir!", sagte er mit erhobener Stimme. Sein Zeigefinger deutete auf den Tisch. „Ich habe Sie nicht darum gebeten, mir die Karten zu legen. Sie haben es mir als Geschenk angeboten."

Er klopfte ärgerlich mit den Fingerknöcheln auf den Tisch und seine Stimme wurde zunehmend lauter. „Sie können sich jetzt nicht einfach zurückziehen und mir an den Kopf werfen, dass Sie nicht weiter sprechen wollen. Ich kann bei meinen pianistischen Variationen auch nicht nach einem Septakkord einfach aufhören und dem Publikum mitteilen, dass ich das Spiel nun beende, weil ich noch nicht weiß, wie es weiter gehen wird. Verstehen Sie? So einfach geht das nicht! Deshalb, Madame, fordere ich Sie auf, mir –"

Die Tür flog auf und Hugo stürzte herein. „Brauchen Sie Hilfe?", fragte er aufgeregt. „Die aufgebrachte Stimme schien mir eine solche opportun werden zu lassen!"

Liszt wandte sich gereizt um. „Lasse Er das, Hugo! Wenn ich Hilfe benötigte, hätte ich Ihm geläutet. Und weil ich eben nicht geläutet habe, hätte Er gefälligst anklopfen sollen. Er hat Madame mit seinem stürmischen Auftritt erschreckt."

„Ich dachte –", stammelte Hugo hilflos.

„Es ist gut. Er kann sich wieder entfernen!"

Hugo verließ nach wortlosen Verbeugungen den Raum, und Liszt wandte sich wieder Madame Babèrre zu.

„Nun wollen wir fortfahren, wo wir unterbrochen wurden." Er deutete erneut auf den Kartentisch. „Was besagen die Karten?"

„Ich bedauere, dass Sie verärgert sind, Monsieur, weil ich nicht weitersprechen will. Haben Sie Nachsicht mit einer einfachen Frau. Zu groß ist die Gefahr des Irrtums. Die Karten sind zu verwirrend!"

„Ich folgere daraus," sagte Liszt energisch, „dass es offenbar Anlass zur Sorge gibt."

„Meine einzige Sorge ist, die Karten falsch zu verstehen."

„Der Weg meines Lebens, mein Schicksal und meine Zukunft, liegt alleine in Gottes Hand, Madame. Und nicht in Ihren Karten. Sprechen Sie daher frei und ohne Bange."

Bei den letzten Worten hatte sich Madame Babèrre erhoben und begann unruhig hin und her zu gehen. Sie presste die Hände gegen die Schläfen und zeigte ein angestrengtes Gesicht. Hin und wieder schloss sie die Augen und atmete hörbar.

Liszt ließ sie nicht aus den Augen. Er war fest entschlossen, von ihr zu hören, was sie offenbar nicht zu sagen wagte.

Sie war beim Arbeitstisch Liszts stehen geblieben und blickte geistesabwesend auf teils beschriebene, teils leere Notenblätter, die neben der kleinen Büste eines finster blickenden Mannes lagen.

„Ist dies Ihr unglücklicher Vater, Monsieur?", fragte sie.

Liszt erhob sich. „Nein, Madame, das ist nicht mein Vater, wenngleich ich diesen Herrn nicht weniger liebe und verehre. Es ist der berühmte Komponist Ludwig van Beethoven."

„Der Name sagt mir nichts."

„Wie sollte er das auch! Ich durfte ihm einst auf dem Klavier vorspielen. Ich war noch ein Kind. Er hat mich anschließend umarmt und auf die Stirn geküsst, weil ich Werke von ihm vortrug, und er damit sehr zufrieden war."

Sie deutete auf das herumliegende Notenpapier. „Sind das die Übungsarbeiten des Pianisten?"

„Nein, nein. Lassen Sie das liegen. Das sind ein paar Kompositionen, die ich gestern festgehalten habe. Doch ich muss Sie energisch an Ihre Karten erinnern. Was verschweigen Sie so hartnäckig?"

Madame Babèrre, die noch immer auf die Kompositionen von Liszt blickte, wurde plötzlich von einer heftigen Gemütsbewegung erfasst. Ihr Gesicht hellte sich auf. Sie ergriff eines der Notenblätter und hielt es dem überraschten Liszt vors Gesicht.

„Dies ist es!", rief sie jubelnd. „Vraiment![11)], Monsieur, die Karten wissen alles. Soeben habe ich verstanden, was sie uns sagen. Ihre geteilte Handlinie ist mir jetzt verständlich. Es passt alles genau zusammen. Kommen Sie!"

Aufgeregt eilte sie zum Kartentisch zurück.

X

Am nächsten Tag wollte mich meine Frau nicht mehr ins Museum begleiten, weil sie der Meinung war, an Interessantem oder Aufregendem würden weitere Arbeiten nichts mehr zu Tage bringen. Dieser Ansicht konnte ich mich durchaus anschließen, wollte aber dennoch nochmals hingehen, um ein paar Sachen abzuschreiben und Fotos zu kopieren. Wir verabredeten uns daher für das Mittagessen, nach welchem wir dann entscheiden wollten, wann wir abreisen und diesen unvermittelt so spannend gewordenen Ausflug beenden werden.

Im Museum überraschte mich Frau Kirilová mit allerlei Nachrichten, von denen ich die eine erwartet hatte. Direktor Holub war mit dem gefälschten Wittgensteinbrief zu Dr. Svátanek gefahren, um weitere Schritte in dieser merkwürdigen Angelegenheit - auch in Zusammenhang mit dem Einbruch - zu besprechen. Die zweite war, dass sich Tříbil krank gemeldet hatte und daher sie selber, notgedrungen, die Rolle der dokumentarischen Unterstützung meiner Arbeiten übernehmen werde. Dagegen hatte ich natürlich nichts einzuwenden. Dass die Baufirma aus internen Gründen heute keine Arbeiter entsenden konnte, erfuhr ich von ihr, als wir ins Stradalzimmer hinauf gingen.

Meine Arbeiten gingen an diesem Tag wunderbar voran. Ich studierte zahlreiche Fotos, machte Fotokopien von Briefen und ergänzte meine Chronikunterlagen mit zahlreichen Anmerkungen. Die seit gestern berühmte Kiste blieb unbeachtet, denn ich dachte nicht daran, erneut die Arbeit eines Museumsmitarbeiters zu machen. Herr Tříbil würde dies – sobald er wieder gesund war – sicherlich tun. Frau Kirilová ließ sich inzwischen von meiner Familie und von Wien erzählen, von meinem Leben und von unseren Enkelkindern.

Ihr Mobiltelefon meldete sich mit Musik aus Dvořáks Symphonie „Aus der neuen Welt". Es folgte ein Telefonat in für mich natürlich unverständlichem Tschechisch, doch konnte ich an ihrem Tonfall erkennen, dass sie in Unruhe geriet.

„Herr Stradal!", meinte sie anschließend. „Jetzt habe ich ein Problem mit Ihnen."

„Mit mir? Inwiefern?"

„No, weil ich dringend zu meiner Mutter fahren muss. Dort gibt es einen Wasserrohrbruch. Sie braucht mich, damit ich ihr behilflich sein kann, wenn der Installateur kommt. Die Mama ist nicht mehr so beweglich in so einer Situation. Ich schätze, dass ich eine halbe bis eine dreiviertel Stunde weg sein werde. Ich bin aber alleine im Haus, also muss ich das Museum zusperren. Gehen Sie doch einstweilen auf einen Kaffee in eine Konditorei. Wenn ich wieder zurück bin, sicher, dann können Sie hier weiter schauen und arbeiten."

Das gefiel mir überhaupt nicht. Müsste ich jetzt meine Arbeiten für unbestimmte Zeit unterbrechen, wer weiß, ob ich dann zu Mittag fertig sein könnte. Nein, ich sann nach einem Ausweg.

„Dauert das wirklich nicht länger?", fragte ich vorsichtig.

„Sicher nicht. Ich bin in weniger als zehn Minuten bei ihr, der Installateur ist auch schon unterwegs und wird vielleicht pünktlich da sein. Ich werde dann sehen, was passiert ist und die Nachbarn bitten, bei meiner Mutter zu bleiben. Die kennen das. Haben es schon öfter gemacht. Aber man wird auch ein wenig reden, und ich kann doch nicht gleich wieder weglaufen."

„Dann, liebe Frau Kirilová - der Herr Direktor ist doch nicht da, und es geht nur um fünfundvierzig Minuten –, sperren Sie halt das Museum zu. Ich aber bleibe einstweilen hier und kann weiter arbeiten. Die paar Minuten spielen doch keine Rolle."

Frau Kirilová war unschlüssig. „Eigentlich dürfen Sie ja nicht alleine sein, im Stradalzimmer, hat der Chef gesagt!"

„Sicher, aber das kann doch kein Problem sein, Frau Kirilová", bohrte ich nach, denn ich hatte wirklich keine Lust, mich jetzt irgendwohin zu setzen und zu warten, bis sie wieder zurück war.

Nach einigem Zögern willigte sie ein. „Nun gut, wenn es Ihnen nichts ausmacht, eingesperrt zu sein. Aber bitte finden Sie nicht noch einen gefälschten Brief oder sonst was Aufregendes."

„Ich werde mich bemühen", versicherte ich. „Und vergessen Sie mich bitte nicht!"

Sie packte ihre Sachen in die Handtasche und blickte auf die Uhr.

„Es ist ein Viertel vor zehn Uhr. Herr Stradal, ich werde sicher allerspätestens um halb elf Uhr wieder da sein."

„Ist in Ordnung, danke!"

Damit verließ sie den Raum. Ich hörte sie treppab laufen und anschließend das Eingangstor ins Schloss fallen. Ich war alleine. Herrlich!

Sofort machte ich mich wieder über die Papiere, Noten, die Fotographien und die Notizbücher von Großonkel und Großtante. Je länger ich las und schmökerte, desto mehr vergaß ich meine Umgebung.

Nach einiger Zeit hörte ich das Eingangstor erneut ins Schloss fallen. Meine Uhr zeigte zehn Uhr zwölf.

Aha, dachte ich, es ist doch viel schneller gegangen als erwartet. Nun gut. Ich hörte sie die Treppen herauf kommen.

„Herr Stradal?", ertönte eine fremde, weibliche Stimme.

„Ja!", antwortete ich. „Ich bin im Stradalzimmer!"

Eine ältere Dame, die ich noch nie gesehen hatte, erschien in der Türe und hob grüßend die Hand.

„Dass ich Sie gefunden habe!", rief sie hörbar erleichtert. „Bin ich aber froh! Grüß Ihnen Gott!"

Sie streckte mir die Hand hin, die ich abwartend schüttelte.

„Guten Tag, liebe Frau, aber ich –"

„Jiři hat mir von Ihnen und Ihrer Frau Gattin erzählt", sprudelte sie los. „Dass Sie hier sind und dass Sie sich für Sachen vom Professor und seiner lieben Frau interessieren."

„Sie meinen mit Professor sicher meinen Großonkel August Stradal, vermute ich."

„Na, freilich. Niemanden anderen. Er muss ein sehr würdiger Herr gewesen sein."

„Bestimmt. Was hat Ihnen Herr Tříbil noch von uns erzählt?"

„Dass ich, wenn ich will, Sie heute hier antreffen kann."

„Aha", sagte ich ein wenig irritiert. „Na, so etwas. Wie geht es ihm denn? Ich höre, dass er erkrankt ist."

Sie machte eine beiläufige Handbewegung. „Ach, nicht so schlimm. Sein Magen macht ihm wieder Beschwerden. Das hat er oft."

„Sie sind offenbar eine Verwandte oder Bekannte, nehme ich an", begann ich vorsichtig zu sondieren.

„Nun, ich bin Familie. Ich heiße Zusana Tříbilová, und der Jiři hat mir auch erzählt, dass Sie so eine interessante, dicke Familienchronik mit vielen Fotographien haben."

„Ja, ja." Ich hob den Ordner kurz hoch. „Sie wurde von meinem Onkel vor fast einem halben Jahrhundert zusammengestellt und ich möchte sie – zumindest in meinem Zweig – weiterführen und ergänzen."

„Oh, das ist schön. Darf ich da einmal hineinschauen?"

„Wenn Sie wollen, gerne!"

Ich schlug die Chronik auf und blätterte zu meinem Großonkel August.

„Hier sind Texte über den Pianisten August Stradal, sein Leben, sein Wirken und seine letzten Jahre in der böhmischen Heimat."

Sie legte ihre Handtasche zur Seite und trat an den Tisch.

„Nein, so etwas Schönes!", rief sie entzückt. „Und da ist ja das Bild, wo er Klavier spielt. Und die gnädige Frau ist auch fotografiert. Mit der Katze. Wissen Sie, wie die Katze hieß?"

„Nein, Frau Třibilová, natürlich nicht."

„Dann können Sie gleich etwas dazu schreiben in die Chronik. Das Viecherl hieß ‚Minka' und war in den letzten Jahren vor Kriegsende der ganze Trost von der lieben Frau Hildegard."

„Aha. Danke schön, das werde ich mir natürlich notieren. Woher wissen Sie denn das alles, Frau Třibilová?"

„Hat Ihnen das der Jiři nicht erzählt? Seine Großmutter war doch viele Jahre als junges

Mädchen bei der Frau Hildegard im Dienst. Das war ja eine angesehene Dame, sag ich Ihnen. Und freundlich war sie! Alle haben sie gemocht. Und unsere ganze Familie hat immer Bescheid gewusst über die liebe Frau Hildegard."

„Aha. Das interessiert mich jetzt sehr, Frau Tříbilová. Wissen Sie auch etwas über Hildegards Schwester Mara, Mara Zweigelt, die damals öfter zu Besuch gekommen sein soll?"

Sie schüttelte aber den Kopf.

„Nein, nein. Da weiß ich überhaupt nichts. Doch jetzt zu dem, weshalb ich hergekommen bin. Ich kann nämlich heute einem Mitglied der Familie Stradal endlich den Brief übergeben. Weil, dieser Brief gehört der Familie und nicht ins Museum, sag ich immer!"

„Welchen Brief denn?"

„Sie werden staunen, Herr Stradal, denn das ist wirklich ein sehr interessanter und wichtiger Brief, den der Herr Professor vor langer Zeit bekommen hat. Die Großmutter hat oft erzählt, dass die Frau Hildegard diesen Brief sehr sorgfältig in ihrer Privatkassette aufbewahrt hat. Dort, wo sie ihr Tagebuch gehabt hat und noch andere persönliche Dinge. Dokumente und solche wichtigen Sachen."

Sie öffnete umständlich ihre Handtasche und zog einen Umschlag hervor, welchen sie feierlich vor mir auf den Tisch legte.

„Bitte sehr!" In ihrer Stimme schwang Stolz mit. „Da drinnen ist er, der Brief, und den dürfen Sie behalten. Er gehört jetzt Ihnen.

Weil er ist damit dort, wo er hingehört. In der Familie vom Herrn Professor August Stradal."

Ich wusste kurze Zeit nicht, was ich nun sagen sollte, denn es beschlichen mich merkwürdige Gedanken. Leider auch schlimme.

„Woher haben *Sie* denn diesen Brief?", fragte ich gedehnt.

Zusana Třibilová, die mir, da sie ganz nahe bei mir stand, als doch wesentlich älter erschien, als bei ihrem Erscheinen, machte eine beschwichtigende Handbewegung.

„Denken Sie bitte nicht schlecht über uns Třibils, Herr Stradal. Diesen Brief und noch andere Sachen von Frau Hildegard haben wir in den wirren Tagen nach dem Krieg noch rasch außer Haus gebracht, weil der Pöbel geplündert und angezündet hat, nachdem sie Hals über Kopf hat weg müssen aus ihrem Haus."

Sie deutete um sich. „Fast alles, was Sie hier in Laden und Kästen finden, haben wir damals zu uns genommen und später natürlich den Behörden übergeben. Weil die wütenden Menschen haben alles ruiniert und zerstört. Meine Mutter und ein paar brave Leute haben viele Sachen schnell in Sicherheit gebracht. Nur so etwas ganz Persönliches, wie diesen Brief hier, den hat sie bei sich behalten, weil sie gehofft hat, die Frau Hildegard wird eines Tages zurückkommen. Aber leider – sie ist nicht mehr gekommen."

„Meine Großtante ist 1948 in einem Altersheim in Halle an der Saale gestorben. Wussten Sie das nicht?"

Sie schüttelte den Kopf. „Nein, woher sollte man das auch wissen? Die Zeit damals – ach, ich war ja noch ein Kind."

Während sie sprach, hatte ich den Umschlag vorsichtig geöffnet und einen Brief herausgezogen. Es waren zwei gefaltete Blätter, französisch, beidseitig eng beschrieben. Als ich ihn auf dem Tisch ausbreitete, begann mein Herz schneller zu schlagen. Das dünne Briefpapier trug am oberen Rand ein eingepresstes, ovales Wappen mit einer Krone, die von kleinen Kugeln eingerahmt war. Etwa eineinhalb Zentimeter hoch, farblos. Der Brief war mit ‚Carolyne Wittgenstein' unterzeichnet, wobei das ‚C' von Carolyne – genau wie Tříbil es gestern erzählt hatte – am unteren Ende eine Verschnörkelung aufwies. Ich dachte sofort an den gefälschten Brief von gestern, aber schon beim Auffalten der Blätter war mir aufgefallen, dass ich feineres, zarteres Papier in Händen hielt. Wie der gestrige Brief, so war auch dieser mit 18. September 1886 datiert und an meinen Großonkel gerichtet. Was mich aber überdies in große Aufregung versetzte war, dass auf einer Seite des Briefes Name und Anschrift meines Großonkels zu sehen war: Wien, Beatrixgasse 28. Daneben waren Reste einer roten Versiegelung erkennbar.

Mit steigender Spannung begann ich zu lesen.

„Rom, August 19, 1886

Geehrter Herr Stradal!

Nehmen Sie meinen innigen Dank für Ihr freundliches Schreiben, mit welchem Sie mir durch berührende Worte Ihre Anteilnahme an meinem Schmerz über das Hinscheiden des Grand Maître bekunden. Einem Schmerz, von dem, wie ich vermute auch Sie betroffen sind, hatte doch der Grand Maître Ihre Person und Ihre künstlerischen Fähigkeiten stets mit lobenden Worten bedacht und Sie mir öfters als warmen Freund seiner späten Tage genannt.

Was hingegen Ihre Verzweiflung darüber anbetrifft, dass dem Grand Maître die ihm gebührende Anerkennung und der verdiente Erfolg für seine bahnbrechenden musikalischen Schöpfungen vorenthalten wurden, ja, mehr noch, dass er von vielen seiner Freunde und Musikerkollegen in Wort und Schrift befehdet wurde –, dies, werter Herr Stradal, mag seine Begründung in einer Jugendtorheit des Grand Maître haben.

Wie ich schon in den Tagen, als der Grand Maître bei mir in Woronince weilte, erfahren musste, ist er in seiner verzweifelten Einsamkeit nach dem plötzlichen Tod seines Vaters offenbar dem Einfluss einer verderblichen und liederlichen Person erlegen. Diese trieb in der Stadt Boulogne-sur-Mer ihr Unwesen mit teuflischen Künsten wie Handlinienlesen und Zukunftdeuten mit Hilfe merkwürdiger Spielkarten, die ohne Zweifel ihre Herkunft bei den Mächten des Bösen hatten.

Als Dank, dass der junge Franz Liszt sie aus einer misslichen Lage befreit hatte, in die sie sich zweifellos durch ihre gottverachtenden Hexenkünste begeben hatte, suchte sie ihn auf, las allerlei aus den Linien seiner Hände und sagte ihm durch die lästerlichen Karten eine grandiose Karriere entweder als Pianist oder als Komponist voraus.

Durch ihre bösen Künste erreichte sie es schließlich, dass der Grand Maître auf den Weltruhm als Komponist zu Gunsten jenes als Virtuose verzichtete.

Die Macht dieses Weibes und des mit ihr verbundenen Bösen scheint mir der Grund zu sein, weshalb dem Pianisten fortan die Welt zu Füßen lag, der grandiose Schöpfer der neuen Musik jedoch viele Feinde hatte, verächtlich gemacht und gering geachtet wurde. Nicht einmal die Weihen, welche er in tiefer Reue zur Vergebung seiner

Abmachung mit dem Bösen auf mein dringendes Anraten schon 1865 demütig auf sich genommen hat, vermochten diesen tragischen Erfolgsbann von ihm zu nehmen. Da jedoch – wie er mir einst unter heißen Tränen berichtete – der Verzicht auf den Komponistenruhm ‚Zeit seines Lebens' gelautet hatte, ist zu hoffen, dass nun dieser böse Fluch endgültig von ihm genommen worden ist und seine grandiose, unsterbliche Musik endlich befreit vom Bösen in die Welt gehen kann.

Sie, geehrter Herr Stradal, werden nun einer jener Menschen sein, die den Ruhm des Grand Maître vermehren und seine Musik zu jener Anerkennung führen können, die sie verdient. Ja, ich will sogar sagen, dass auf Ihren Schultern nunmehr die Last eines Auserwählten ruht.

Da es mit meiner Gesundheit nicht zum Besten steht und ich vom Wunsche beseelt bin, meinem ‚Cher Bon' alsbaldig nachfolgen zu können, schließe ich dieses Schreiben an den geschätzten Schüler des Grand Maître in der Hoffnung, dass Sie diese Last zur Ehre des Grand Maître zu tragen verstehen und Ihr weiterer Lebensweg dem Ruhm und der Ehre von Franz Liszt geweiht sein wird.

Carolyne Wittgenstein"

XI

Madame Babèrres Gesicht war gerötet, als sie sich erneut über die Kartenblätter beugte.

„Natürlich", rief sie aufgeregt. „Jetzt verstehe ich alles. Die Schlüsselkarte und der Weg. Sie komponieren ja auch. Das ist es!"

Sie stutzte als sie merkte, dass Liszt ihr nicht gefolgt war. Dieser stand noch immer unbeweglich bei seinem Arbeitstisch und hielt ein Notenblatt in der Hand.

„Also, Madame!", sagte er ruhig. „Ich höre Ihnen auch von hier aus zu. Was wissen Sie zu berichten?"

„Was mir vorhin den Mund verschloss, Monsieur," begann sie vorsichtig, „war nur die Angst, die Karten falsch zu deuten. Ich wusste ja nicht, dass Sie, ein Pianist, auch komponieren. Deshalb blieb mir Ihre geteilte Handlinie rätselhaft. Doch nun fügt sich alles zu einem Ganzen, wenngleich eine Frage noch offen bleiben muss."

„Nämlich welche?"

„Zunächst: Ihr Lebenserfolg, Monsieur, wird ein Großartiger sein. Sie werden dank Ihrer genialen künstlerischen Begabung zu großen, ja sogar gigantischen Erfolgen vordringen. Die Karten sagen Ihnen also eine große künstlerische Zukunft voraus, in der Sie zu Reichtum kommen werden."

Sie verstummte. Sie hatte zwar mit großer Emphase gesprochen, jedoch gelang es ihr nicht, zu vermeiden, dass am Ende ein ‚Aber' unausgespro-

chen im Raum stand. Die sensible Natur des Künstlers Liszt nahm dies sogleich wahr.

„Sie sehen mich erfreut, Madame", antwortete er etwas gedehnt, „dass Ihre Karten von einer glänzenden Karriere als Pianist sprechen. Solches hatte ich erhofft. Alleine, ich frage mich, weshalb die Tatsache, dass ich auch hin und wieder komponiere, ihre Aufgabe plötzlich so erleichtert hat?"

Madame Babèrre seufzte. „Das ist eben der Punkt, der mir ein wenig verwirrend erschien. Die Karten zeigen nämlich sehr deutlich, dass Ihr künstlerischer Lebensweg von einer wichtigen Entscheidung beeinflusst werden wird. Und es hat den Anschein, dass Sie sich irgendwann entscheiden müssen, welche Ihrer genialen Veranlagungen Sie zu Ruhm und Reichtum führen sollen. Allerdings sagen sie nichts darüber, ob Sie als Pianist oder als Komponist zu Ehren und Ansehen gelangen werden. Ihre Handlinie zeigt deutlich die zweifache geniale Veranlagung. Bis vorhin kannte ich diese zweite nicht. Nun ist es klar. Franz Liszt, der Pianist und Franz Liszt, der Komponist."

Liszt stieß sich federnd von seinem Arbeitstisch ab und stellte sich in der Mitte des Zimmers.

„Madame!", sagte er theatralisch und breitete die Arme aus. „Ich danke Ihnen und Ihren Karten. Dennoch – ich muss korrigieren: Nicht Pianist oder Komponist ist die Frage, sondern Pianist und Komponist."

Madame Babèrre schüttelte leicht den Kopf. „Monsieur, Sie haben mich nicht richtig verstanden. Die Karten sagen, dass Sie sich für eines der beiden entscheiden werden."

„Aber weshalb soll ich mich denn entscheiden? Ich will beides!", rief Liszt.

„Das ist verständlich, aber die Karten sagen Ihnen nur für eine Ihrer Begabungen Ruhm und Ehre voraus. Bei der anderen hingegen Enttäuschungen und Misserfolge."

Liszt ging langsam zum Tisch und ließ sich in seinen Sessel fallen.

„Und wann, Madame, werde ich diese Entscheidung zu treffen haben?"

Statt einer Antwort nahm Madame Babèrre vorsichtig Liszts linke Hand, drehte die Handfläche langsam nach oben und deutete auf die Teilung einer seiner Handlinien.

„Sehen Sie selbst, Monsieur, die Linie spaltet sich schon knapp nach Beginn ab. Daher werden Sie in sehr jungen Jahren vor dieser Entscheidung stehen."

„Wie bitte?" Liszt sprang auf. „Wie sollte ich denn – nein, das kann nicht sein, denn meine Kompositionen sind Flickwerk allesamt. Vielleicht werde ich mich später einmal, wenn ich als Pianist zu weiterem Ansehen und größerer Ehre gekommen bin – hoffentlich! – bedeutenden Komposition widmen, aber jetzt? Nein, Madame – so eine Entscheidung kann noch nicht so bald erfolgen."

„Meinen Sie, Monsieur?" Madame Babèrre zeigte ein eigenartiges Lächeln. „Es kommt doch eher darauf an, welches Ziel Sie erreichen wollen."

„Ich will der größte und beste Pianist von allen werden und es bis an mein Lebensende bleiben!"

„Nicht Komponist?"

„Doch, das auch, selbstverständlich!"

„Die Karten sagen aber, dass Ihnen ein ‚Entweder – oder' bevorsteht. Sie werden sich entscheiden müssen!"

„Aber eine derartige Entscheidung ist für einen Musiker ungeheuer schwer, Madame. Und für mich, in meinem Alter, völlig unmöglich! Verstehen Sie doch –"

Liszt brach unvermittelt ab. Er bemerkte, dass in Madame Barbèrre eine Veränderung vor sich ging. Eine Veränderung, die ihn beunruhigte. War es der plötzlich dunklere Lichteinfall, weil sich Wolken vor die Sonne geschoben hatten, oder bewirkte etwas anderes, dass ihm sein Zimmer düsterer vorkam? Das Gesicht seiner Besucherin hatte einen starren Ausdruck angenommen. Sie fixierte ihn mit festem Blick, und in ihren Augen schimmerte es rötlich. Er versuchte diesem Blick auszuweichen, der ihn zu fesseln schien, doch es gelang ihm nicht. Unwillkürlich griff er hinter sich und umklammerte die Kante des Tisches.

Madame Babèrre machte einen Schritt auf ihn zu. „Wenn Sie wollen, Monsieur," flüsterte sie mit veränderter Stimme, „werde ich Ihnen bei dieser Entscheidung behilflich sein."

„Sie, Madame?", Liszt beugte sich ängstlich vor ihr zurück. „Wie denn?"

Ihr Lächeln war nicht mehr so herzlich wie vorhin, eher heimtückisch und berechnend.

„Ich verfüge über Mittel und Wege, das Schicksal ein wenig zu beeinflussen. Auch das Ihre, Monsieur!"

Liszt richtete sich wieder auf.

„Sie werden es nicht wagen, Gottes unerforschlichen Wege und Ratschlüsse über mich zu beeinflussen!“

Sie verzog verächtlich den Mund. „Lassen Sie doch den lieben Gott aus dem Spiel. Der wurde schon durch die große Revolution abgeschafft, weil wir Menschen über unser Schicksal selber bestimmen wollen. Verlasse dich nicht auf Gott! Der soll sich um die Toten kümmern!“

Liszt hatte den Kopf etwas abgewandt, weil ihm Madame Babèrre erneut näher kam.

„Madame, ich bitte Sie! Sprechen Sie nicht so von Gott! Er hat das Geschick aller Menschen in der Hand. Auch das Ihre!“

Sie achtete nicht auf seine Worte. Sie trat plötzlich ganz nahe heran und packte ihn am linken Unterarm.

„Sie könnten sich“, zischte sie ihm ins Ohr, „hier und jetzt dafür entscheiden, der beste und berühmteste Pianist unserer Zeit zu werden und in die Gefilde der Unsterblichkeit einzugehen als derjenige, der als der allergrößte Klaviervirtuose gerühmt wird!“

Liszt schluckte. Jetzt hatte ihn Angst ergriffen. Diese Frau, die ihn da festhielt – war sie tatsächlich eine Hexe? Warum konnte er ihren Augen nicht ausweichen? Warum war die Kehle plötzlich wie zugeschnürt? Welche Macht hielt ihn so plötzlich gefangen?

„Hier und jetzt?“, stammelte er endlich, sich mehrmals räuspernd. „Wie kann das gehen, wenn Ihre Karten vielleicht doch so verstanden werden müssen, dass es der Komponist Liszt sein wird, der –“

„Nein, Monsieur!", entgegnete sie mit eindringlicher Stimme. „Die Karten spielen jetzt keine Rolle mehr. Ich, Florence Babèrre, kenne den Weg, Ihr Schicksal in die richtige Bahn zu lenken."

Liszt gewann seine Fassung wieder zurück. Die Gänsehaut, die er vorhin gespürt hatte, wich langsam, aber die Beklemmung war noch da.

„Ich werde die Wege Gottes niemals zu beeinflussen versuchen!", sagte er mit fester Stimme. „Ich werde weiterhin vertrauensvoll seinen Wegen folgen."

Madame Babèrre blickte ihn noch einige Augenblicke lang an, dann ließ sie seinen Arm los und nahm wieder bei Tisch Platz.

„Wie Sie meinen!", sagte sie und blickte zum Fenster hinaus. „Allerdings wird Ihnen Ihr Gott, auf den Sie ja weiterhin vertrauen wollen, nicht sagen, ob Sie als Pianist oder als Komponist für die Unsterblichkeit bestimmt sind."

Liszt antwortete nicht.

„Ich hoffe, dass Sie sich bewusst sind," setzte sie fort, wobei ihre Stimme wieder jenen eindringlichen Klang annahm, der in Liszt erneut Unsicherheit hervorrief, „dass insbesondere Paris von Musikern aller Art geradezu überschwemmt wird und der Glorienschein des Wunderkindes Liszt sehr schnell verblasst. Wenn man keine Einladungen bekommt, nirgends auftreten kann und keinen Fürsprecher hat, der die Türen zu den Sälen der Adeligen öffnet – für wie lange reicht Ihr Geld, Monsieur? Das Leben ist teuer und das Reisen anstrengend. Die Karten sprechen von vielen Reisen. Doch aus welchem Grunde? Vielleicht müssen Sie durch die Lande reisen, um bekannt zu bleiben,

um wahrgenommen zu werden, wenn Ihnen in einem anderen Wunderkind, wie Sigismund Thalberg zum Beispiel, ein Widersacher um die Herzen des Publikums erwächst. Wer wird sich dann noch an ‚le petit Litz' erinnern?"

„Halten Sie ein!", rief Liszt verzweifelt. Sein Herzschlag hatte sich heftig beschleunigt. Durch ihre Worte war seine Zukunftsangst von neuem aufgebrochen. Ja, genau dies waren seine Befürchtungen! Wie könnte er solche Schwierigkeiten ohne Hilfe, ohne Beistand jemals meistern? Und hier, jetzt, wurde ihm Hilfe angeboten! Er hatte sie vorhin mit großer Geste ausgeschlagen, aber nun? Die Angst beschleunigte seinen Entschluss.

„Sagen Sie mir also, worin Ihre Hilfe besteht."

Wortlos hob Madame Babèrre ihre Handtasche vom Boden, griff hinein und stellte eine gefüllte Flasche auf den Tisch. Dann ging sie zur Anrichte und nahm das Trinkglas, welches neben der Wasserkaraffe stand. Sie goss zwei Finger hoch aus ihrer Flasche hinein.

„Trinken Sie das, Monsieur. Es ist meine Hilfe."

Langsam trat Liszt heran, nahm das Glas und betrachtete es erstaunt von allen Seiten.

„Dies? Trinken? Tatsächlich trinken?"

„Jawohl! Trinken Sie! Sie werden über die Wirkung erstaunt sein!"

Liszt trank.

„Und nun?", fragte er mit veränderter Stimme.

Sie deutete zum Klavier. „Spielen Sie, Monsieur!"

Langsam ging Liszt zum Klavier und setzt sich. Zögernd begann er zu spielen. Zunächst leise, zaghaft, doch schon bald war er in intensives Spiel versunken. Je länger er spielte, umso überraschter war er, wie seine Finger flinker als sonst, kräftiger als sonst und treffsicherer als sonst über die Tasten glitten. Er forcierte Tempo, Lautstärke, seine Finger flogen wie von selbst über die Tastatur, und er griff geradezu mühelos Akkorde, welche ihm noch gestern trotz extrem gespreizter Finger nicht spielbar gewesen waren.

Unvermittelt brach er ab und wirbelte auf dem Klavierschemel herum. Außer sich starrte er auf die lächelnde Frau.

„Was habe ich da getrunken, Madam? Das ist einfach unglaublich!"

Madame Babèrre spielte mit dem Griff ihrer Tasche. „Dies, Monsieur, ist die Hilfe, die ich Ihnen angedeihen lassen kann."

Liszt war noch immer außer sich. „Ich vermag Passagen zu spielen, Akkorde zu greifen, wie nie zuvor. Wie geht das zu?"

„Es beflügelt Ihren Geist, Monsieur, und dieser wiederum beflügelt Ihre Finger. Vor jedem Auftritt ein wenig davon in ein Glas und flugs ausgetrunken. Niemand wird Ihnen zu Lebzeiten beim Klavierspielen gleich kommen. Die Menschen, insbesondere die Frauen, werden Ihnen zu Füßen liegen."

Liszts Mund war plötzlich trocken. „Was kostet dieser Trank, Madame?", fragte er mit heiserer Stimme.

„Nein", lachte sie auf, wie jemand, dem der Sieg gewiss ist. „Diesen Saft können Sie nicht kaufen, Monsieur. Sie bekommen ihn von mir als Geschenk." Sie machte eine kurze Pause, ehe sie

fortfuhr. „Ein Geschenk der besonderen Art, muss ich hinzufügen, für welches Sie allerdings auf etwas verzichten müssen!"

„Also doch", murmelte Liszt enttäuscht. „Wie die Schwester des Kutschers!"

„Nicht ganz, aber fast. Doch bei Ihnen geht es nicht um Krankheit oder um Heiratswünsche – dem Virtuosen winkt Unsterblichkeit seines künstlerischen Genies. Ihr Verzicht besteht darin, sich als Komponist Zeit Ihres Lebens geringem Ruhm und weniger Ehre zu erfreuen, denn als Pianist!"

Liszt war überrascht. „Wie wird das sein?"

„Man wird dem Komponisten Liszt nicht so zujubeln wie dem Pianisten Liszt. Man wird den Pianisten spielen hören wollen, nicht die Werke des Komponisten."

„Und wie geht dieser Verzicht vor sich?" Ein erstes Lächeln zeigte sich wieder auf seinem Gesicht. „Muss ich etwas mit meinem Blut unterschreiben?"

Sie blickte kurz auf. „Sie denken jetzt, ich wäre mit dem Teufel im Bunde, nicht?"

„Keineswegs, keineswegs, Madame. Es ist nur weil –"

„Wir besiegeln unsere Abmachung – meine Hilfe und Ihren Verzicht – mit einem einfachen Handschlag über den Karten. Denn die Karten haben gesprochen. Sie sind Teil unserer Abmachung."

Liszt schüttelte den Kopf. „Wie soll man das verstehen? Es ist einfach unglaublich!"

„Machen Sie sich keine Gedanken, Monsieur. Mit unserem Händedruck sind die Weichen für Ihre Zukunft aufs Beste gestellt. Jedoch seien Sie

auf der Hut. Niemand darf Sie beobachten, wenn Sie trinken. Nie mehr als zwei Finger hoch davon ins Glas."

„Das werde ich beherzigen."

„Dann wollen wir uns also die Hände reichen?"

Liszt nickte. Wie weggeblasen waren Angst, Beklemmung und Bedenken.

Sie traten an den Kartentisch. Madame Babèrre ergriff Liszts Hände und drückte sie einmal ganz fest. Sie bemerkte, dass sie eiskalt waren.

Als Liszt die Flasche sorgsam verschlossen hatte, sammelte sie die Karten ein und steckte sie in ihre Tasche zurück.

„Was geschieht, wenn die Flasche leer ist?", fragte er plötzlich.

„Seien Sie unbesorgt, Monsieur. Sie wird niemals leer sein!"

„Niemals?", wiederholte Liszt ungläubig.

„Niemals, Monsieur."

Damit trat sie vor ihn hin und vollführte eine ebensolche Verbeugung, wie zu Beginn ihres Besuches.

„Ich verneige mich jetzt nicht nur vor dem mutigen jungen Mann von heute Vormittag, sondern auch vor dem Künstler Franz Liszt, welcher schon in Kürze der berühmteste Pianist unserer Zeit genannt werden wird. Leben Sie wohl, Monsieur."

XII

Als ich zu Ende gelesen hatte, war ich sprachlos. Ich zog einen Stuhl heran und ließ mich darauf nieder.

„Das, lieber Herr Stradal", sagte Frau Třibilová leise und klopfte mir auf die Schulter, „das ist nämlich der *echte* Brief von der Fürstin Wittgenstein an den Herrn Professor. Jiři hat gestern ganz aufgeregt von einem gefälschten Brief erzählt, den Sie entdeckt haben. Und davon, dass anscheinend jemand das Ansehen vom Herrn Liszt beschädigen will mit solchen dummen Erzählungen. Wobei ich mich eigentlich schon gewundert hab', dass sich der Jiři da so sicher sein konnte, dass es nur eine Fälschung gewesen sein kann."

Ich hatte meine Fassung langsam wieder gefunden. „Wie denn das? Wenn Ihre Familie diesen Brief ja gekannt hat, dann ist es doch klar, dass er sofort –"

„Aber der Jiři weiß doch davon nichts! Kann er gar nicht wissen!"

Jetzt war ich aber doch überrascht. „Er kennt diesen Brief *nicht?*"

„Nein, nein. Und bitte sagen Sie ihm auch nichts davon! Er würde gleich alles daran setzen, ihn zu bekommen und damit ins Museum zu laufen. Aber das wäre nicht gut. So etwas Persönliches - also, das hat in einem Museum nichts verloren."

Sie wandte sich von mir ab und nahm ihre Tasche auf. „So, jetzt muss ich aber wieder gehen. Leben Sie wohl, Herr Stradal, und passen Sie auf, dass dieser Brief nicht in falsche Hände kommt."

Damit verließ sie, ehe ich mich von meiner Überraschung erholen konnte, flink den Raum, und ich hörte sie noch auf der Treppe, als mir einfiel, dass ich mich nicht einmal bedankt hatte. Sofort eilte ich hinterher.

„Und vielen Dank. Das war wirklich sehr nett von Ihnen!", rief ich ihr im Stiegenhaus nach.

Das Eingangstor fiel ins Schloss.

„Gerne geschehen, Herr Stradal", hörte ich die Stimme von Frau Kirilová, die sich eben anschickte, die Treppen herauf zu kommen. „Ich hoffe, Sie haben die Zeit gut nützen können. Es hat halt doch ein wenig länger gedauert bei der Mama. Bin doch froh, dass Sie nicht irgendwo in der Gegend herumsitzen mussten, sondern da geblieben sind. Wollte in der Zwischenzeit jemand ins Museum?"

Ich schüttelte nur fassungslos den Kopf, was sie als Antwort auf ihre Frage verstand.

„Da bin ich aber beruhigt. Puh, der Herr Direktor würde schon sehr geschimpft haben, wenn er erfährt, dass jemand ins Museum wollte, es aber zugesperrt war."

„Zugesperrt war", wiederholte ich verständnislos.

„Oder gar, dass ich Sie alleine im Museum gelassen habe!"

„Dass ich alleine war", murmelte ich mechanisch.

Ich stand noch immer beim Treppengeländer und starrte hinunter. Wie war das vorhin? Das Eingangstor hatte ich nur ein Mal gehört, demnach müsste Frau Kirilová der Frau Tříbilová in der Türe doch begegnet sein, oder? Aber wenn zugesperrt war, wie konnte Frau Tříbilová überhaupt hereinkommen? Mit den Schlüsseln von Jiři Tříbil vielleicht?

„Ist was passiert, Herr Stradal? Sie schauen ein wenig blass aus!"

„Nein, nein", beeilte ich mich zu versichern. „Ich bin nur etwas müde, denn das viele Lesen in Briefen und Dokumenten strengt an mit der Zeit."

„Ja, ja, das ist klar. Also, ich gehe jetzt nur einen Sprung in mein Büro und komme dann wieder zu Ihnen hinauf."

Sie kommt herauf! Ein Schreck durchzuckte mich. Der Brief liegt ja noch offen am Tisch!

Ich eilte ins Zimmer, steckte den Brief vorsichtig in den Umschlag zurück und verschloss diesen in meiner Aktenmappe. Mein Entschluss stand augenblicklich fest. Frau Tříbilová hat vollkommen Recht. Der Brief gehört zur Familie, nicht ins Museum! Es handelt sich ja um ein Geschenk, eine persönliche Gabe der Familie Tříbil an die Familie Stradal. Das geht das Museum nichts an.

Ich überlegte fieberhaft, welche nächsten Schritte ich unternehmen sollte. Auf alle Fälle natürlich meiner Frau alles erzählen, was sich im Museum zugetragen hatte. Und ihr diesen sensationellen Brief zeigen. Sie wird Augen machen! Es stimmte also doch. Dieses Gerücht, welches meine Cousine ja auch bestätigt hatte, war also nicht aus der Luft gegriffen. Es gibt diesen Brief tatsächlich. Das Schreiben der Fürstin Wittgenstein an einen Schüler Liszts. Und dieser war niemand anderer als mein Großonkel. Und ich war es, in dessen Besitz sich diese kulturhistorische Sensation nunmehr befand.

Doch etwas anderes wollte ich auch noch machen. Vorher noch. Ehe ich mit meiner Frau zusammentreffen würde. Mich bei Frau Třibilová bedanken. Aber wo finde ich sie? Frau Kirilová konnte ich ja nicht fragen. Gott behüte! Wer weiß, was so eine Frage auslösen würde. Außerdem hatte ich ja gesagt, dass niemand im Museum war. Und dass sich nichts ereignet hatte.

Wirklich? Nichts?

Ich verscheuchte erneut eine aufkommende dumpfe Beklemmung. Die versperrte Türe. Frau Kirilová hat Frau Třibilová offenbar nicht gesehen. Wie war denn das alles möglich? Schluss damit. Rasch räumte ich meine Sachen zusammen, packte meinen Ordner mit der Familienchronik und meine Mappe und eilte hinunter.

„Ich bin doch schon fertig, Frau Kirilová“, rief ich ins Büro hinein. „Die Listen habe ich oben am Tisch liegen gelassen. Einen schönen Tag noch!“

„Ist gut! Kommen Sie heute nochmals?“, rief sie zurück.

„Wahrscheinlich nicht. Das Wetter ist doch zu schön, als dass man sich mit alten Briefen und Dokumenten abplagt.“

„Gut, wie Sie meinen. Auf Wiedersehen und grüßen Sie Ihre Frau!“

Ich verließ das Museum und blickte nervös auf die Uhr. Noch eine gute Stunde Zeit, bis zum Mittagessen mit meine Frau. Genug, um Frau Třibilová aufzusuchen. Ich sollte ihr wirklich eine kleine Aufmerksamkeit bringen. Eine Bonbonniere vielleicht? Oder eine Flasche Wein?

Blumen! Ja, das ist es. Ich werde ihr einen Blumenstrauß überreichen. Aber wie? Wo könnte ich sie finden? Kurz entschlossen eilte ich zur nächsten Telefonzelle und blätterte im Telefonbuch. Doch eine Zusana Třibilová war unter den vielen Třibils nicht zu finden. Was also tun? Die Wohnadresse von Jiři Třibil hatte ich gefunden, also entschloss ich mich zu improvisieren. Ich besorge mir einen Blumenstrauß, gehe ganz einfach zu einer der Třibiladressen und werde dort hoffentlich erfahren können, wo Frau Zusana Třibilová zu finden ist. Man wird sie doch wohl kennen, war ich überzeugt. Jiři Třibil bei dieser Suche irgendwo zu begegnen war unwahrscheinlich, weil er doch krank im Bett lag.

Ein Geschäft war rasch gefunden. Ich ließ mir einen stattlichen Strauß bunter Blumen binden, eilte davon und nahm auf einer nahen Parkbank Platz, um in meinem Stadtplan den schnellsten Weg zu einer Třibiladresse zu suchen.

„Guten Tag, Herr Stradal! Heute gar nicht im Museum?"

Ich blickte überrascht auf und erschrak nicht wenig, als ich Jiři Třibil erkannte, der sich sogleich neben mich setzte.

„Hallo! Grüß Gott!", brachte ich gerade noch hervor. „Wie geht es Ihnen denn? Ich hörte, dass Sie eigentlich das Bett hüten müssten!"

„Ach, das! Ich habe in der Früh wieder einmal Probleme mit meinem Rücken gehabt. Das habe ich leider öfters."

„Rückenprobleme?", fragte ich erstaunt. Hatte Frau Zusana nicht von Magenbeschwerden gesprochen?

„Ja, ja, sehr schmerzhaft. Im Liegen, Stehen und Gehen tut der Rücken weh!"

„Das kenne ich auch", nickte ich.

„Hat die Frau Gemahlin heute Geburtstag?", fragte er neugierig und deutete auf die Blumen, die neben mir auf der Parkbank lagen.

„Nein, nein", antwortete ich rasch und wusste sogleich, dass mir damit ein Fehler unterlaufen war.

„Wer darf sich dann auf diesen prächtigen Strauß freuen?“

Ich überlegte angestrengt, was ich darauf antworten könnte.

„Dass erraten Sie nie!“, sagte ich geheimnisvoll, um Zeit zu gewinnen.

„Na, da staune ich schon.“ Tříbil lehnte sich behaglich zurück. „Es muss demnach jemand sein, den ich kenne. Sonst würden Sie mich nicht zum Raten einladen und prophezeien, dass ich es nicht erraten werde!“

Gott sei Dank! Mir war eine Lösung eingefallen. Damit würde zwar die nette Frau Tříbilová nicht zu einem Blumenstrauß kommen, aber immerhin konnte ich ihren Besuch im Museum und damit das Briefgeschenk elegant verschweigen.

„Die Blumen sind für Sie, Herr Tříbil!“, sagte ich bedeutungsvoll.

Jetzt war er es, der überrascht dreinschaute.

„Für mich??? Warum denn?“

„Nicht nur für Sie,“ setzte ich feierlich nach, „sondern für Ihre gesamte Familie. Weil sie den Stradals immer verbunden war. Dass das Museum heute so viele Erinnerungsstücke an meinen Großonkel besitzt, ist auch ein Verdienst Ihrer Familie! Daher habe ich mir gedacht, ein paar Blumen als Dankeschön bereitet sicher eine kleine Freude.“

Tříbil war gerührt. „Also, jetzt bin ich wirklich sprachlos“, sagte er langsam. „Das ist aber ganz besonders liebenswürdig von Ihnen, Herr Stradal. Dass Sie an so etwas denken. Mein Gott, das hätte die Mama noch erleben sollen."

Ich überreichte ihm die Blumen, aber er wehrte plötzlich ab. „Warten Sie noch einen Moment. Ich glaube, die Blumen legen Sie besser auf das Grab von meiner Großmutter. Sie war es ja, die damals bei Frau Hildegard war und ihr in der schweren Zeit im Krieg und dann nach Kriegsende geholfen hat. Was ja nicht leicht war damals. Sie verstehen, was ich meine."

Er stand auf. „Kommen Sie, der Friedhof ist gleich um die Ecke hinter der Kirche. Ich zeige Ihnen das Grab."

Es war wirklich nicht weit dorthin, und kurz darauf stand ich vor einem Grabstein mit einer kunstvoll verzierten Aufschrift ‚Třibil'. Das davor üppig rankende Grün verdeckte die untere Hälfte der Inschriften.

Ich legte die Blumen auf die gepflegte Rasenfläche, während Třibil die Grünpflanzen zur Seite drückte und auf die Inschriften deutete.

„Da stehen sie eingraviert: Meine Großmutter, Eliska Třibilová, 1913 – 1949, ihr Mann, mein Großvater, Jakub Třibil, 1909 – 1944 und meine Mutter, Zusana Třibilová, 1938 – 2009, und mein – was haben Sie denn, Herr Stradal?"

Das hatte mir jetzt einen gehörigen Schrecken eingejagt. *Zusana Třibilová! Das Eingangstor zum Museum war doch geschlossen!*

„Nichts, nichts", wehrte ich ab. Ich durfte ihn nicht merken lassen, wie aufgewühlt mein Innerstes plötzlich war.

„Vor Gräbern befällt mich immer ein besonderes Gefühl für die eigene Endlichkeit", fügte ich als Ausrede hinzu. „Ich bin ja doch nicht mehr der Jüngste!"

„Aber wieso denn? Leben ist Leben und Tod ist Tod! Das kann man nicht verändern. Nicht denken, Herr Stradal, besser nur leben!"

„Da haben Sie wahrscheinlich Recht", nickte ich.

Vielleicht war es nur ein Zufall, ging es mir durch den Kopf, und die Zusana Tříbilová von vorhin war jemand ganz anderer.

„Haben Sie übrigens eine Schwester?", fragte ich wie nebenbei.

„Ich? - Nein, habe ich nicht."

„Oder eine andere Verwandte mit dem Vornamen Zusana?"

Erneut schüttelte er den Kopf. „Nein. Nicht, dass mir jemand bekannt wäre."

Er stellte sich neben mich. „Warum fragen Sie danach?"

„Weil mir der Name irgendwie bekannt vorkommt", antwortete ich und war darauf bedacht, den harmlosen Tonfall nicht zu verändern.

„Wahrscheinlich haben Sie von einer Zusana Tříbilová in den Papieren der Frau Hildegard gelesen. Damals, als die Großmutter Tříbilová bei ihr war, ist ja meine Mutter zur

Welt gekommen. Sie hat Zusana geheißen, wie Sie hier am Grabstein lesen können."

„Das wird es sein!", sagte ich erleichtert. „Doch jetzt leben Sie wohl. Ich muss zum Treffen mit meiner Frau."

Ich bekreuzigte mich, und wir schlenderten zum Ausgang, als er plötzlich meinen Arm ergriff und stehen blieb.

„Sind Sie wirklich sehr in Eile?", fragte er und blickte zu Boden.

Ich sah zur Kirchturmuhr hinauf. „Nicht zu sehr, aber ich möchte meine Frau nicht warten lassen."

„Dann hören Sie mir noch ein wenig zu, weil ich Ihnen etwas erzählen will. Besser gesagt: beichten will!"

„Oh! Beichten? Worum dreht es sich denn?"

Er zog mich zu einer nahen Bank, wo wir Platz nahmen. „Ich bin noch immer ganz ergriffen von Ihrer Liebenswürdigkeit", begann er ein wenig stockend. „Dass Sie meiner Familie selbst nach so langer Zeit mit Blumen danken. Ehrlich, das berührt mich tief!"

„Nun, schon gut! Es war nur eine kleine Geste."

„Aber gerade diese kleinen Gesten können die Herzen öffnen. Und ich – das spüre ich ganz deutlich –, ich will, nein, ich muss auch ganz ehrlich mit Ihnen sein."

„Und –?"

„Weil ich die ganze Zeit eben nicht ehrlich mit Ihnen war."

„In welcher Hinsicht?"

„Ist Ihnen denn nicht aufgefallen, wie sicher ich war, dass der Brief, den Ihre Frau gestern gefunden hat, eine Fälschung war, nur eine solche sein konnte?"

„Nein, nicht so direkt. Sie sind ja ein Kenner der Lisztschen Biographie, wie Sie mir erzählt haben."

„Doch dass ich Ihnen schon beim ersten Besuch im Stradalzimmers angedeutet habe, dass Sie das, was Sie suchen, nicht finden werden?"

„Allerdings, das fand ich sehr merkwürdig, aber da dachte ich nur, dass Sie mich ablenken wollten!" Er zog die Luft hörbar durch die Nase und richtete sich auf.

„Hören Sie! Dass der Brief nur eine Fälschung sein konnte, wusste ich sofort, denn das Original, der echte Brief, den die Fürstin Ihrem Großonkel nach dem Tod von Liszt geschrieben hat, befindet sich in Besitz der Familie Tříbil!"

Mein Herzschlag erhöhte sich erneut, aber ich blieb gefasst. Was würde jetzt noch kommen?

„Meine Großmutter hat diesen Brief in den Wirren der Nachkriegstage vor den Plünderern gerettet", fügte er leise hinzu.

Mein Herz schlug heftiger. „Und was steht in diesem Brief?"

„Das weiß ich leider nicht, denn er ist noch nicht in meinem Besitz. Mama hat immer nur Andeutungen gemacht, aber es soll um einen

Pakt mit einer Wahrsagerin gehen. Das Zaubergetränk, worüber in dem Brief von gestern die Rede ist, das ist natürlich völliger Blödsinn!"

Ich holte tief Luft. „Sie sagten, der Brief befindet sich im Besitz Ihrer Familie. Wer also hat ihn denn?"

„Im Augenblick niemand, denn er muss sich noch unter den Sachen meiner verstorbenen Mutter befinden. Ich suche schon seit längerer Zeit. Das ist aber nicht so einfach, denn Mama hat Zeit ihres Lebens immer alles aufgehoben. Sie können sich also vorstellen, wie es da ausschaut. Aber das ist nur eine Frage der Zeit. Dann werde ich ihn endlich lesen können."

Langsam wurde ich wieder ruhiger, obzwar die Verunsicherung über Vieles in den letzten Stunden nach wie vor vorhanden war.

„Das kann ich mir gut vorstellen, dass Sie schon darauf warten, Herr Tříbil. Mit so einem aufregenden Inhalt wird er bestimmt das Prunkstück in Ihrem Museum sein."

„Meinen Sie?", fragte Tříbil und fixierte mich plötzlich. „Wie können Sie das behaupten, ohne den Inhalt zu kennen?"

Ich erschrak. Vorsicht!

„Sie haben mir doch eben etwas über den Inhalt erzählt!"

„Doch nur das, was Mama mir durch die Blume angedeutet hat. Es kommt nämlich nur auf den Inhalt an. Deshalb muss ich den Brief einmal gelesen haben. Dann erst wird entschieden: Gehört er ins unser Museum, in eine Vitrine im Stradalzimmer, oder gehört er in den Reißwolf!"

„Und wann gehört, Ihrer Meinung nach, so ein Brief ins Museum?"

„No, wenn etwas Gescheites drinnen steht. Und nicht so ein Blödsinn, wie in der Fälschung, wo die Frau Fürstin etwas von einem bösen Zauber schreibt, dem sich der Liszt verschrieben hat, damit er besser Klavier spielen kann und von einem Elixier, das der Teufel gebraut hat. Wenn ich an den gefälschten Brief denke, dann läuft es mir kalt über den Rücken. Wäre er nämlich echt, würde ich ihn niemals ins Museum geben, weil dann die Leute über die Frau Fürstin lachen würden. Über den haarsträubenden Unsinn, den sie schreibt. Das hat diese bemerkenswerte Frau nicht verdient. Wenn man bedenkt, wie sie sich für Liszt aufgeopfert hat, nicht?"

Er blickte auf seine Uhr.

„Das wollte ich Ihnen noch schnell sagen. Und Sie bitten, mir nicht böse zu sein, dass ich sie habe so lange suchen lassen, was sie nicht finden konnten. Wo Sie so freundlich sind zu meiner Familie. Aber jetzt müssen Sie sich sputen, damit Ihre Frau nicht warten muss."

Wir standen auf. Er sichtlich erleichtert nach seiner ‚Beichte', ich innerlich etwas durchgeknetet. Sollte ich ihm, dieser grundehrlichen Haut, wie ich eben erfahren durfte, den Brief nicht doch übergeben? Ehrlichkeit gegen Ehrlichkeit gewissermaßen? Aber könnte ich ihm denn sagen, woher ich ihn habe? Von Zusana Třibilová? Ich bin alleine im versperrten Museum gewesen? Nein, kommt nicht in Frage!

Bei der Verabschiedung vor dem Friedhof hielt er meine Hand länger als gewöhnlich gedrückt.

„Und noch etwas zum Schluss!", flüsterte er verschwörerisch. „Wenn ich eines baldigen Tages den echten Wittgensteinbrief gelesen haben werde und zur Überzeugung komme, dass er nicht ins Museum gehört, dann kommt er nicht in den Reißwolf, sondern *Sie*, lieber Herr Stradal, sollen ihn bekommen. Versprochen!"

„Danke", sagte ich trocken. „Das ist nett von Ihnen. Verständigen Sie mich aber auch dann, wenn der Brief doch ins Museum wandert, damit ich kommen und ihn lesen kann. Okay?"

„Abgemacht!"

Damit eilte er fort und ließ mich tief in Gedanken zurück. Zusana Třibilová!? Wenn ich vorhin an ihrem Grab gestanden bin – wer war dann die Frau im Museum? Plötzlich hatte ich wieder eine Gänsehaut!

Ich eilte zum Treffpunkt mit meiner Frau. Nach der Begrüßung und dem wechselseitigen: ‚Wie war 's? Was hast du alles gemacht?', bestellten wir vorerst einmal eine Suppe, die ich umgehend serviert bekam, meine Frau jedoch musste auf ihre Bestellung noch ein wenig warten.

„Weißt du, worauf ich, nein, wir beide, gestern völlig vergessen haben?“, fragte sie plötzlich mit einem Unterton leichter Verzweiflung.

„Nein, was denn?“

„Na, zwei Fotokopien von diesem Brief zu machen. Herr Tříbil ist doch einverstanden gewesen! So etwas Dummes! Eine für mich und eine für Haide. Du hast 's ihr versprochen. Wir müssen Herrn Holub unbedingt noch darum ersuchen.“

Das war der richtige Moment.

„Sei nicht traurig“, beruhigte ich sie. „In wenigen Augenblicken wirst du an den gestrigen Brief nicht mehr eine Sekunde lang denken!“

Sie blickte erstaunt auf. „Nein? Warum nicht?“

Statt einer Antwort legte ich meinen Finger an den Mund und blickte mich vorsichtig um, ob andere Gäste in Hör- oder Sichtweite waren. Niemand war da. Betont langsam zog ich den Umschlag aus meiner Mappe.

„Jetzt halte dich an, Ulli“, sagte ich feierlich. „Und schau dir an, was *da drinnen* ist!“

„Oh!“ Ihre Neugier war sofort geweckt. „Was denn?“

„Frag nicht. Nimm und wirf erst einmal ein Auge auf diese *Sensation*! Aber Vorsicht. Das Papier ist wertvoll.“

Damit überreichte ich ihr meinen neuesten Schatz und begann, in aufgeregter Erwartung ihrer Reaktion, meine Suppe zu löffeln. Ich spielte dabei den Gelassenen und blickte nicht auf.

Atemlose Stille lag zwischen uns. Sehr lange. Es fehlten ihr ganz offensichtlich, wie vorhin auch mir, die Worte.

„Da schau her", murmelte sie. „Ein Brief der Fürstin Wittgenstein!"

In den nächsten Sekunden barst ich fast vor Aufregung. Der Brief raschelte in ihren Händen.

„Sehr nett!", sagte sie gelangweilt. „Hat dir den das Museum überlassen?"

„Aber geh! Wo denkst du hin! Den hat mir die Familie Třibil geschenkt! Das Museum darf davon absolut nichts wissen!"

Meine Frau blickte mich ernst an.

„Michl! Ehrlich – du hast diesen Brief doch hoffentlich nicht – auf unbestimmte Zeit ausgeborgt?"

„Nein, Ulli, wirklich nicht. So etwas tue ich doch nicht! Der Brief wurde mir persönlich übergeben!"

„Na gut. Und was ist daran die Sensation?"

Ich legte den Suppenlöffel beiseite.

„Schau doch auf das Datum! Du musst beide Seiten des Briefes anschauen, nicht nur die erste Seite!"

Sie drehte das Papier hin und her.

„Aber das ist ja nur eine Seite, Michl! Außerdem kann ich doch dieses Französisch nicht verstehen. Lies ihn mir bitte vor!"

Ich blickte erschocken auf. Meine Frau hielt nur ein Blatt in der Hand. Ich ergriff den Umschlag und steckte die Hand hinein. Ein panischer Schreck durchzuckte mich. Der Umschlag war leer.

„Darf ich?“, stotterte ich und nahm ihr den Brief aus der Hand. Ein Blick darauf genügte mir, zu sehen, dass ich etwas völlig anderes in der Hand hatte. Zwar auch auf dem feinen Papier mit dem Rundwappen oben, auch am 18. September 1886 in Rom geschrieben, auch an August Stradal in der Beatrixgasse 28 in Wien.

Meine Stimme war etwas wackelig, als ich vorlas.

„Rom, 18., September 86

Geehrter Herr Stradal!

Nehmen Sie meinen innigen Dank für Ihr freundliches Schreiben, mit welchem Sie mir durch berührende Worte Ihre Anteilnahme an meinem Schmerz über das Hinscheiden des Grand Maître bekunden. Einem Schmerz, von dem, wie ich vermute, auch Sie betroffen sind, hatte doch der Grand Maître Ihre Person und Ihre künstlerischen Fähigkeiten stets mit lobenden Worten bedacht und mir seinen ‚Stradalus‘, wie er mitunter von Ihnen zu sprechen pflegte, öfters als warmen Freund seiner späten Tage genannt.

Möge Ihr weiterer Weg, der Sie nun ins künstlerische Leben führen wird, stets von Erfolg und Anerkennung begleitet sein. Wollen Sie aber auch niemals vergessen, dass Sie zu jenen Jüngern des Grand Maître gehören, denen es nun beschieden sein wird, sein musikalisches Gesamtwerk in die Welt hinauszutragen.

Carolyne Wittgenstein"

Ich verstummte. Wo kam denn dieser Brief her und vor allem: Wo war der Brief, den mir Zusana Tříbilová gegeben hatte? Was geht denn hier vor?

Meine Frau nahm mir den Brief aus der Hand.

„Das ist schon eine feine Sache, dieser Brief. Ein Prunkstück in der Familienchronik. Gratuliere! Aber so einen Wind brauchst du um die Sache nicht zu machen. Hast du ihn von Herrn Tříbil bekommen?"

Tja, das war die Frage. Von wem habe ich *diesen* Brief bekommen? Ich kam zur Erkenntnis, dass es auf sämtliche Fragen, die mir jetzt durch den Kopf schossen, keine Antwort geben konnte.

Ich lehnte mich zurück und wollte weitschweifig antworten, als der Kellner Ullis Suppe brachte.

Eine Weile löffelten wir schweigend. Dann meinte sie. „Weißt du, was ich schon geglaubt habe, wie du mir den Umschlag in die Hand gedrückt hast?“

„Nein!“, sagte ich nebenher.

„Du warst ja ungeheuer aufgeregt, wie du gemeint hast, ich sollte mich anhalten!“

„War ich das?“

„Und wie! Da habe ich nämlich im ersten Moment gedacht, du hättest wieder einen Brief von Fürstin Wittgenstein an den August Stradal gefunden.“

„Ist es doch, oder?“

„Ja, schon. Aber der da ist ja nur ein Dankschreiben. Und nicht gefunden, sondern geschenkt bekommen. Nein, ich dachte an so einen Brief, wie gestern. Mit einem sensationellen Inhalt - doch diesmal nicht gefälscht! An den echten, authentischen Brief!“

Ich schüttelte theatralisch den Kopf. „Glaubst du denn tatsächlich, die Fürstin Wittgenstein hätte jemals so einen Brief geschrieben? Mach dich nicht lächerlich!“

Ich nahm das Kuvert und steckte es in meine Mappe zurück, wobei ich absichtlich umständlich herumkramte, denn ich wollte doch noch sehen, ob das Kuvert der Zusana Třibilová nicht doch darin zu finden war.

Es fand sich nichts. Oder besser gesagt: Es fand sich zwar das Gesuchte nicht, wohl aber hatte ich plötzlich eine Fotografie in der Hand. Ein alte Fotografie von Fürstin Carolyne zu Sayn-Wittgenstein. Es war eine Abbildung, die ich weder aus dem Internet noch aus einer der zahlreichen Biographien von

Franz Liszt her kannte. Sie lächelte mich darauf gewissermaßen an. Ganz so, als ob sie mir zuflüstern wollte „Da staunen Sie, Herr Stradal, nicht wahr?“

Ich nickte nur und wunderte mich über nichts mehr.

Fürstin Carolyne zu Sayn-Wittgenstein
© Österreichisches Familienarchiv der Fürsten Hohenlohe-Schillingfürst, Wien

Erläuterungen

1) *Andouille: franz. Schimpfwort; dt.: Hornochse, Dummkopf*

2) *Connard: franz. Schimpfwort, dt.: Idiot, Trottel*

3) *Bâtard: franz. Schimpfwort, dt.: Bastard, Hurensohn*

4) *August Stradal: „Erinnerungen an Franz Liszt", Verlag P. Haupt, Berlin/Leipzig, 1929*

5) *zavřeno: geschlossen*

6) *Ředitelství a správa: Direktion und Verwaltung*

7) *Dobré ráno: Guten Morgen!*

8) *Na shledanou: Auf Wiedersehen!*

9) *Fainéant: liebevoll-spöttischer Spitzname (dt.: liebenswerter Müßiggänger) für Liszt in Briefen der Fürstin Wittgenstein*

10) *Cher Bon: zärtlicher Spitzname (dt.: Teurer Guter!) für Liszt in Briefen der Fürstin Wittgenstein*

11) *Vraiment: franz.: „In der Tat! Tatsächlich!"*

Danksagung

Mein Dank geht an meine Frau, die viele Impulse zu diesem Buch gegeben hat, an Herrn Karl Hohenlohe, der mir die Fotografie der Fürstin Carolyne zu Sayn-Wittgenstein zur Verfügung gestellt hat, weiters an Frau Dr. Haide Tenner-Russ, Herrn Dr. Wilfried Seipel und Herrn Milan Ráček, die mir mit sachdienlichen Hinweisen, Informationen und Zustimmungen zur Seite gestanden sind.

Weiters möchte ich der Verlagsleiterin, Frau Mag. Nadja Rösner-Krisch, und ihrem Team Frau Laura Rösner und Herrn Matthias Walch, herzlich dafür danken, dass durch ihren Einsatz dieses Buch erscheinen konnte.